U0119992
華志文化

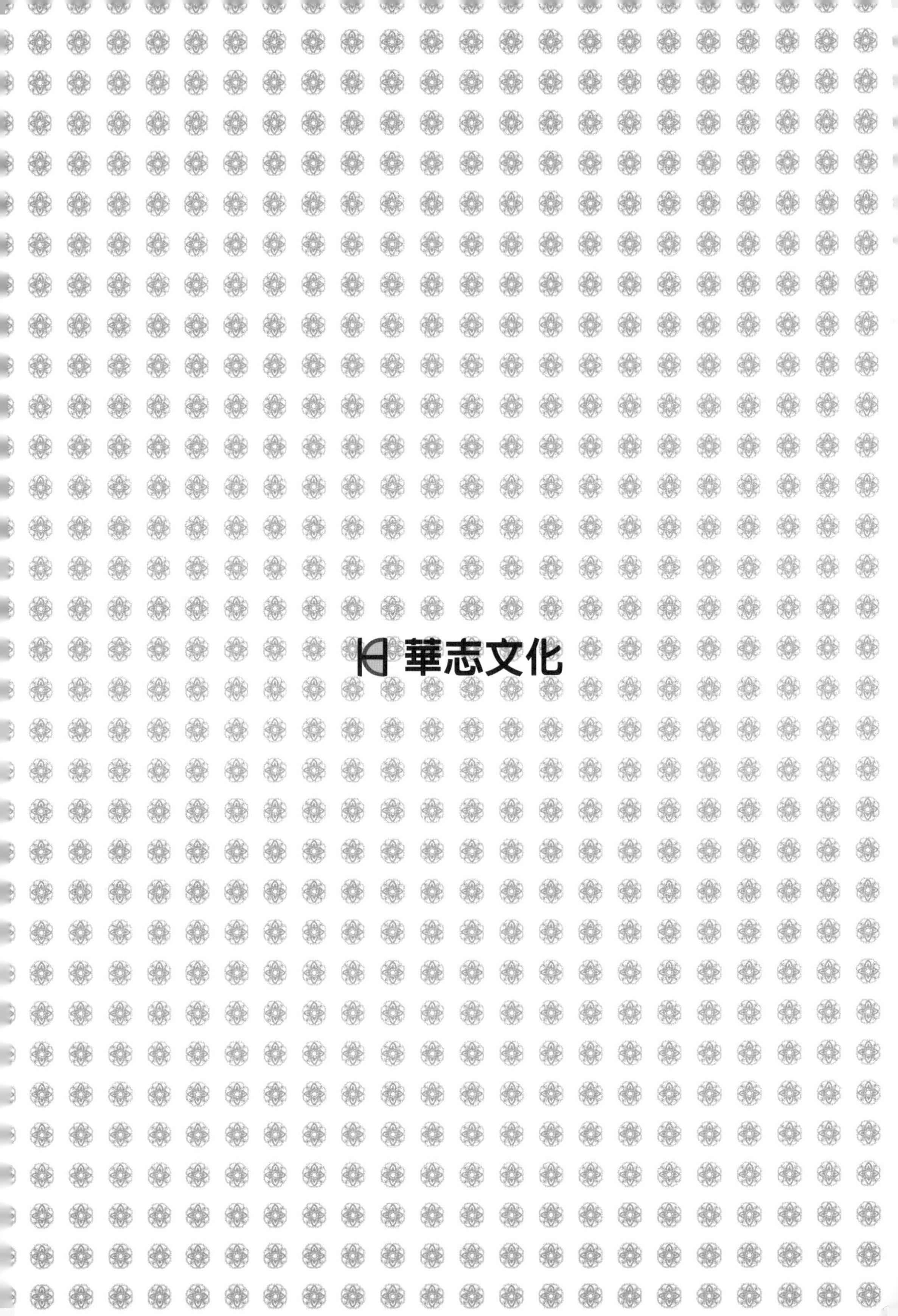
華志文化

中國最早的詩歌總集

詩經新解

姚奠中◎編譯

詩：
可以興，可以觀，可以群，可以怨。
邇之適父，遠之事君；
多識於鳥獸草木之名。
—(論語)

《詩經》，在中華民族的文化史上，既有經典的神聖地位，又有文學的崇高價值；只有從音樂角度來解釋「風、雅、頌」，才可能是接近實際作品的蘊涵。

「**風**」從民間收集的民歌，包括貴族的詩。（一六〇篇）
「**雅**」是宮廷樂歌，以貴族創作為主的詩。（一〇五篇）
「**頌**」宗廟祭祀之樂歌，僅有一些史料價值。（四〇篇）

傳承國學經典
禮敬中國文化

序言

《詩經》，在中華民族的文化史上，既有經典的神聖地位，又有文學的崇高價值。因此，它特別引人矚目，成了兩千多年來學者們研究的一個熱點。漢代主要有齊、魯、韓、毛四家傳詩和鄭玄的《箋》；唐代出現了孔穎達的《正義》；宋代出現了朱熹的《詩集傳》；到了清代，治詩者更是名家迭出，姚際恒、陳啟源、馬瑞辰堪稱其中的大家。世紀之交，劉毓慶教授的《詩經圖注》堪稱《詩經》詮釋史上的一部力作。本書精選《詩經》一百二十八首，詩後的譯注，主要參考了以上名家的名著，尤其是以劉毓慶教授多年的研究成果為基礎。其體例如下：

一、題目

二、題解：簡要介紹詩篇的寫作背景和內容特點，以及它在文學史上的影響。

三、原詩：以朱熹的《詩集傳》（中華書局一九五八年七月版）為底本，參校其他版本。

四、注釋：

①運用標準的現代漢語簡注方法。

②注釋範圍為不易明白的人名、地名、專用名詞，以及重要的實詞、虛詞。

五、詩意

採用現代白話意譯，力求通俗易懂，生動易讀，很少直譯。詩意保留了原詩的基本語言結構，語句中的關鍵字、語氣詞均已相應譯出。

此外，還附錄有《詩經》的名言警句（正文中用著重號標注）、主要版本和重要研究著述，以方便廣大讀者。書中謬誤之處，懇請方家指正。

《詩經》其書（代序）

夏商兩代實際上沒有保存下什麼詩歌作品，但到了周代，卻一下子給我們留下了三〇五篇詩，也就是漢代稱之為《詩經》的一部書，真是非常值得慶幸的。這部書是從周代初年到春秋中葉（約西元前一一三四年～西元前五九七年），近六百年的詩歌總集。它從多方面反映了西周盛世、衰亡，東周解體，列國爭強，各歷史階段的社會現實，也從多方面取得了藝術成就。

《詩經》的編者，漢人說是孔子，但沒有確據，不可信。編排次序是，先「風」次「雅」後「頌」。「雅」又分為「大雅」、「小雅」。而「風、雅、頌」的解釋，漢以來有不少穿鑿附會，不必管它，只有從音樂角度來解釋「風、雅、頌」，才可能是接近實際的。

「風」，是音調的別名。《呂氏春秋》所說塗山氏作「南音」和《左傳》上所說「南風不競」的「南風」，是同一事件。《左傳・成公九年》說楚囚鍾儀鼓琴「操南音」，而范文子說他「樂操土風」，可見「風」就是「音」。所以《詩經》中：邶、鄘、衛、王、鄭、齊、魏、唐、秦、陳、檜、曹、豳的風，就指用這十三個地區的音調所寫所唱的歌子。這些地名，只指地區，不是指國，像邶、鄘、衛三風，都是衛國的；魏、唐二風是晉國的；王，是周王所在地區，也不能稱為國；豳，是周代祖先發祥的地方，也不存在國的問題。至於「周南」、「召南」，是「南音」，即南方調，指的是當時湖北一帶的音調。可能是和周公有關或周公採集的，就叫「周南」；和召公有關或召公採集的，就叫「召南」。所以一般把「風」部分詩叫「十五國風」是不正確的。但習慣上叫十五國風，而實際上是十五個地區，現在我們稱十五國風是個習慣，雖不正確但也可以。

「雅」是「秦聲」、「秦音」。「雅」在《說文》上和「鴉」同字。古音、義也和烏全同。李斯《諫逐客書》說：「歌呼烏烏快耳者，真秦之聲也。」楊惲《報孫會宗書》說：「家本秦也，能為秦聲……仰天拊缶而呼烏烏。」可見「秦聲」的特點，是以「烏」這個母音為基調的。秦所佔的，就是周的故地，所以「秦聲」就是周都的音調。因此，用這種音調作的詩歌，就可以稱為「烏」，也就是「雅」了。「雅」既是周都的音調，對四方來說，是最標準的。所以雅字可以解為正。後來的「雅樂」、「雅言」、「文雅」，都是從這裡引申的。「雅」詩分為「大雅」、「小雅」，這是由於應用場所不同之故。「大雅」用於重大的宴會典禮（饗禮），「小雅」用於日常生活飲宴（燕禮）。場合不同，所用的樂器自然有所不同。

「頌」詩的頌字，原來是容貌的容的本字。容貌是面容，引申為儀容、舞容。「風」、「雅」詩，可以配合音樂、舞蹈，而「頌」詩更是以和樂舞結合為特點的。由於「頌」是用於祭祀大典，故以歌功頌德為基本內容。對此，清代阮元的《釋頌》，有較好說明。

所以，「風」是從各地方收來的，民歌佔主要地位，當然也包括貴族們用這種調子寫的詩在內；「雅」是宮廷的樂歌，以貴族們創作為主，但也吸收了一些民間的歌詞；「頌」是純粹的朝廷的東西，僅具有一些史料的價值。從《詩經》的總的價值來看：「風」最重要，數量最多，佔三〇五篇中的一半以上（一六〇篇），但不能籠統地說都是民歌，「雅」次之（一〇五篇），「頌」最少（四十篇）。從創作的先後來說：「頌」最早（除魯頌），「雅」次之，「風」一部分很早，多數很晚。詩的作者，最早的應是周公姬旦，但不能確證；召公姬奭，也難指實。從詩中能看出可信的只有「雅」中的家父，寺人孟子和尹吉甫；「風」中的許穆夫人等少數人。其餘都已不可考了。

《詩經》中的「頌」和「雅」

自從生機勃勃的周氏族取代了腐朽的殷商統治後，建立了更為強大的奴隸制王朝，使經濟和文化都得到了空前的發展，而這些成就他們認為要歸功於「天恩祖德」。於是，大量頌歌便出現了，主要創作於武、成、康、昭四代。他們尊天敬祖，繼承著「巫術」的傳統，在嚴肅的樂曲、穩重的舞蹈中，虔誠地唱著「維天之命，於穆不已」一類讚歌，而這種公式化的枯燥的歌子，便是後來兩千多年各封建王朝郊廟祭歌的典範。於文學上，是不可能有多少價值的。只有像《噫嘻》、《豐年》、《載芟》、《良耜》等篇為了「祈穀」或「酬神」等有關農牧的歌子，還反映了一些奴隸制生產關係的現實。

「雅」與西周相始終，實分前後兩期。昭王、穆王以前的詩，舊稱為「正雅」，昭、穆以後的詩，舊稱為「變雅」。前者是宮廷作品，以宴會、田獵為主要內容；而其中幾篇歌頌先世祖先的，可以稱為英雄史詩，是其中最值得重視的篇什。讓我們先看貴族生活的詩，如：

呦呦鹿鳴，食野之苹。我有嘉賓，鼓瑟吹笙。（《小雅・鹿鳴》）
有酒湑我，無酒酤我。坎坎鼓我，蹲蹲舞我！（《小雅・伐木》）
既醉以酒，既飽以德。君子萬年，介爾景福！（《大雅・既醉》）

這種以飲宴為基本中心的歡樂的氣氛，反映著統治者很高的物質文化生活，其中也隱藏著奴隸們的無盡的血淚；但從「頌」的宗教歌，到「雅」的宮廷歌，卻也有從神向人轉化的新因素。「大雅」中的史詩《生民》、《公劉》、《綿》以及《皇矣》、《大明》等篇，寫出了一部周族的發展史。《生民》記述周族始祖后稷的故事，先寫了他的出世，接著再寫他在農業上創造的成績，最後寫到對上帝的祭祀。古書上記載這個農業偉人的，再沒有比這篇更具體的了。《公劉》敘述周發展中期的英雄首領公劉，開闢豳地的事蹟；《綿》敘述古公亶父（太王）由豳遷岐，建立國家到文王興起的事蹟；《皇矣》寫文王伐崇等事，《大明》寫文、武之生到牧野之師……這些詩篇幅長，故事集中，是紀事也是歌頌，紀事中飽含著讚頌的激情。

屬於後期「變雅」中的政治諷諭詩，是西周後期貴族詩歌的優秀部分。這期間以厲王、幽王為代表的最高統治者，昏聵、殘暴、腐朽、荒淫，引起了被壓迫階級的普遍反抗，厲王的被流放，幽王的被殺，就是這種反抗的直接結果。政治黑暗，國危民困，促成了統治階級內部的矛盾和分化。一些不得勢、受排擠打擊的憂國憂民的貴族，為了抒發自己的痛苦、憂慮和憤慨，寫出了一些思想性、鬥爭性較強的詩篇：《小雅》中的

《節南山》、《正月》、《十月之交》、《雨無正》……；《大雅》中的《民勞》、《板》、《蕩》、《瞻卬》、《召旻》等篇都是代表。以《節南山》為例，作者一開始寫道：

節彼南山，（那個高峻的南山，）
維石巖巖。（石頭高高地豎起。）
赫赫師尹，（你這威風的掌權者，）
民具爾瞻！（大家都在瞧著你！）

接著便列舉這個掌權者，如何不管國家危險的現實，如何因不公正而造成混亂，又如何推諉責任，使用小人，於是，他喊道：

不弔昊天，（不慈悲的老天，）
亂靡有定，（禍亂無法平定，）
式月斯生！（反隨著日月增長！）
俾民不寧，（使人民不得安寧，）
憂心如酲。（使我憂愁得像害酒病。）
誰秉國成？（誰掌握著國家權柄？）
不自為政，（自己不親行政令，）
卒勞百姓！（以致苦害百姓！）

最後指出，這個驕恣任性，不聽好話的「師尹」，就是禍亂的罪魁禍首。這篇六十四行的長詩，是自稱為「家父」的作品。他當然是貴族中的一員。其他像《小雅・北山》的反對壓迫，《大雅・瞻卬》的反對掠奪，問題就提得更加尖銳。所以這部分詩，是貴族作品中最值得重視的佳作。另外反映宣王「中興」時期的人和事的一些詩，以署名為尹吉甫的《崧高》、《烝民》為代表，也達到較高的水準。

《詩經》中的「風」

「風」標誌著詩歌由宗廟到朝廷到社會的發展，是《詩經》中的精華所在。其中有生動的情歌，如《鄭風・蘀兮》：

蘀兮蘀兮，（落葉呀落葉，）
風其吹女；（風兒把你吹落；）
叔兮伯兮，（弟弟呀哥哥，）
倡予和女！（你唱我來和！）

這是情歌對唱的開端，生活氣息很濃厚。再像《鄭風・山有扶蘇》：

山有扶蘇，（山上有蘇木，）
隰有荷花；（水裡有荷花；）
不見子都，（沒看見漂亮的子都，）
乃見狂且！（卻看見你這傻瓜！）

隨口編出，嘲弄對方，情趣如見。還有像《邶風・靜女》中「愛而不見，搔首踟躕」所表現的焦急，《鄭風・子衿》中「縱我不往，子寧不嗣音」所表現的埋怨，都寫得十分真切。至於像《鄘風・柏舟》中「之死矢靡他！母也天只，不諒人只」那樣堅定的誓言；《召南・行露》中「雖速我訟，亦不女從」那樣反抗被迫婚姻的呼聲，更表現了青年們高尚的情操。

「風」詩中有大量的反徭役、反戰爭的作品，在西周初期就已出現了，《豳風》中的《破斧》、《東山》，就是代表。從厲、幽到東周，這一問題，更加嚴重。見於作品的，像《衛風・伯兮》、《王風・君子于役》、《唐風・鴇羽》、《魏風・陟岵》和《邶風・擊鼓》之類，從各個側面反映了人民的痛苦和不滿，而收入《小雅》的《何草不黃》寫得尤其真摯。試舉《陟岵》為例：

陟彼岵兮，（上了那個山崖啊，）
瞻望父兮。（想著我的爹呀。）
父曰：嗟，予子！（爹說：「唉，我的兒子！）
行役夙夜無已。（這次勞役早晚難得休息。）
上慎旃哉！（千萬小心呀！）
猶來無止！（能回來就不要猶豫！）

用征夫回憶父親臨別囑咐的話，以表達他深切的痛苦，十分感人。而《豳風・東山》和《小雅・采薇》一樣，更是這類詩的長篇名著。

「風」詩中反壓迫反剝削的詩，為數也不算少。它接觸到了當時現實的本質，意義更為重大。像《豳風・七月》中，發出一連串苦難聲音，讀起來，如在耳邊。長期的苦難，逼著人們走向反抗，那就是《魏風》中有名的《伐檀》、《碩鼠》一類詩產生的社會基礎。《伐檀》指責剝削者「不稼不穡」、「不狩不獵」，而《碩鼠》則喊著「逝將去女，適彼樂土」！用逃亡來做消極反抗了。顯然這已到了起義的邊緣，如有一把火，便會造成燎原之勢的。其他，像寫家庭問題的《邶風・谷風 》、《衛風・氓》，反對人殉的《秦風・黃鳥》等，都是有意義的難得的好作品。

《詩經》的寫作藝術

漢代人把《詩經》的寫作方法，總結為：賦、比、興。賦，直敘式；比，比喻式；興，聯想式。其實，這幾種方法的使用，常常交錯在一起，很難截然分開。從上舉各篇的例子中，就可以深深地感到，不需講述。概括地說《詩經》的藝術特點，主要在於：大量的形象化的語言，結合著極為豐富的詞彙（鳥、獸、草木之名多達二百五十種）。大量使用各式各樣語氣詞和不拘格式的葉韻，使它在抒情、敘事以至說理上，都達到了純熟的程度，至今尚有不少值得吸取的地方。《詩經》是以「四言」即四字為主的詩體，但同時也大量使用著雜言、長短句。所以在句法上既要看到「四言」句法的整齊，也要看到雜言句法的靈活。尤其令人驚嘆的，就是在部分作品中，有細膩的外形描寫，像《衛風・碩人》寫美人的手、皮膚、脖子、牙齒、頭髮、眉毛，而最後兩句則是「巧笑倩兮，美目盼兮」，輕巧的微笑多麼俊俏呀，美麗的眼睛多麼生動呀！十分傳神。也有生動的動態描寫，像《小雅・無羊》，把牧人的活動和羊的動態寫得非常逼真。還有象徵性的寓言詩，像《豳風・鴟鴞》，寫一隻老鳥，在鴟鴞的侵害下，如何為了保護巢、保護兒子而發出的號叫，以表現保護家園的心情。

總之，《詩經》的創作，早在兩千八百年前，已為後來的詩歌史奠定了深厚的基礎。

姚奠中，一九一三年生，二〇一三年逝，山西稷山人。著名古典文學專家、書法家、詩人。於一九三五年考取章太炎先生所招收的唯一一屆研究生，先後在安徽、貴州、雲南等地從教。一九五〇年回到山西，任山西大學教授。主要著作有《中國文學史》、《章太炎學術年譜》、《姚奠中詩文輯存》、《姚奠中講習文集》等。本文選自《姚奠中論文選集》。

目錄

◎王風

◎鄭風

◎齊風

◎魏風

◎唐風

◎秦風

◎陳風

◎檜風

◎曹風

◎豳風

◎小雅

◎大雅

◎周頌

◎附錄

周南

關雎

《關雎》是《詩經》的第一篇，《毛詩序》以為此詩是歌詠「后妃之德」，「樂得淑女以配君子」。細品詩作，把它看作一曲婚禮樂歌似乎更為貼切。詩中講述了一位男子看中了一位「窈窕淑女」，在幻境中獲得愛情的故事。

關關雎鳩①，在河之洲②。
窈窕淑女③，君子好逑④。

參差荇菜⑤，左右流之⑥。
窈窕淑女，寤寐求之⑦。

求之不得，寤寐思服⑧。
悠哉悠哉⑨，輾轉反側⑩。

參差荇菜，左右采之。
窈窕淑女，琴瑟友之⑪。

參差荇菜，左右芼之⑫。
窈窕淑女，鐘鼓樂之。

①關關：鳥鳴聲。　雎鳩（ㄐㄩ　ㄐㄧㄡ）：魚鷹。

②洲：水中陸地。
③窈窕：美好的樣子。　淑：善。
④好逑：佳偶。逑通「仇」，即配偶的意思。
⑤參差：長短不齊的樣子。　荇（ㄒㄧㄥˋ）菜：多年生水草。
⑥流：尋求，採摘。
⑦寤寐：醒為寤，睡為寐。
⑧思服：思念。
⑨悠哉：憂思不絕的樣子。
⑩輾轉：翻動的樣子。
⑪友：友好、友愛。
⑫芼（ㄇㄠˊ）：菜，意即將荇菜做成菜來祭祀。

關關鳴叫的魚鷹，徘徊在河中沙洲。
美麗善良的姑娘，君子理想的配偶。

參差不齊的荇菜，左邊右邊來尋求。
美麗善良的姑娘，醒著睡著都追求。

追求卻得不到愛，睜眼閉眼難忘懷。
想了思，思了想，翻來覆去，覆去翻來。

參差不齊的荇菜，左邊右邊來摘採。
美麗善良的姑娘，彈琴奏瑟來相愛。

參差不齊的荇菜，左邊右邊祭列宗。
美麗善良的姑娘，敲鐘擊鼓樂新婚。

卷耳

這是一首思婦懷人詩。這個女子在采卷耳時想起了遠行的丈夫，幻想他上山了，過崗了，馬病了，人疲了，又幻想他在飲酒自寬。思之情深，念之意切。

采采卷耳①，不盈頃筐②。
嗟我懷人③，置彼周行④。

陟彼崔嵬⑤，我馬虺隤⑥。
我姑酌彼金罍⑦，維以不永懷⑧。

陟彼高岡，我馬玄黃⑨。
我姑酌彼兕觥⑩，維以不永傷。

陟彼砠矣⑪，我馬瘏矣⑫，
我僕痡矣⑬，云何吁矣⑭！

①采采：盛多的樣子。　卷耳：蒼耳。
②盈：滿。　頃筐：前低後高的斜口筐。
③嗟：嘆詞。　懷人：思念遠行的人（丈夫）。
④周行（ㄏㄤˊ）：周都通向各地的大道。
⑤陟（ㄓˋ）：登高。　崔嵬：土山戴石為崔嵬。
⑥虺隤（ㄏㄨㄟ ㄊㄨㄟˊ）：疲憊腿軟不能升高的樣子。
⑦姑：姑且。　金罍（ㄌㄟˊ）：盛酒的器皿。
⑧維：語助詞。　永懷：長久地思念。
⑨玄黃：馬毛色焦枯的樣子。
⑩兕觥（ㄙˋ ㄍㄨㄥ）：盛酒的器皿。

⑪砠（ㄐㄩ）：土和石參雜的石山。
⑫瘏（ㄊㄨˊ）：馬疲勞力竭不能前行的樣子。
⑬痡（ㄆㄨ）：疲勞至極的樣子。
⑭云：發語詞。　吁（ㄩˋ）：憂愁。

蒼耳盛又多，卻採不滿一淺筐。
唉！我思念那人兒，把筐兒放在大路旁。

登上那高高的山巔，我的馬兒腿發軟。
且把酒壺斟滿，不要老是這麼懷念。

登上那高高的山崗，我的馬兒毛枯黃。
且把酒杯斟滿，不要老是這麼憂傷。

登上了那邊的石山，我的馬兒累垮了，
我的僕人病倒了，唉！這憂愁怎得了！

桃　夭

這是一篇祝賀姑娘結婚的詩。全篇透過變文複唱，由「華」而「實」而「葉」，不僅使喜慶的氛圍漸次展開，而且預示著小家庭未來的幸福美滿，一種情感，一種氣氛和一種生命活力自在其中。

桃之夭夭①，灼灼其華②。
之子於歸③，宜其室家④。

桃之夭夭，有蕡其實[5]。
之子於歸，宜其家室。

桃之夭夭，其葉蓁蓁[6]。
之子於歸，宜其家人。

①夭夭：美好的樣子。
②灼（ㄓㄨㄛˊ）灼：色彩鮮明。　華：通「花」。
③之子：這位姑娘。　於歸：出嫁。
④宜：善。引申為和順的意思。　室家：家庭。
⑤蕡（ㄈㄣˊ）：肥碩豐滿。
⑥蓁（ㄓㄣ）：茂盛的樣子。

小桃樹兒笑盈盈，紅花朵朵真鮮明。
這個姑娘要出嫁，一家老小樂融融。

小桃樹兒笑盈盈，果實累累好收成。
這個姑娘要出嫁，一家上下樂融融。

小桃樹兒笑盈盈，葉兒片片綠意濃。
這個姑娘要出嫁，一家裡外樂融融。

芣苢

這是一首深蘊妙味的鬥草歌。全詩以簡短的節奏、明快的韻律，表現

了婦女兒童為鬥草取勝、求得吉祥而緊張採集的熱烈場景和歡樂氣氛，且巧易數字，便描繪出她們工作的姿態和過程，興味盎然。

采采芣①，薄言采之②。
采采芣，薄言有之③。

采采芣，薄言掇之④。
采采芣，薄言捋之⑤。

采采芣，薄言袺之⑥。
采采芣，薄言襭之⑦。

①采采：盛多的樣子。芣苢（ㄈㄡˊ ㄧˇ）：草名，車前子。苢同苡
②薄言：語助詞，帶有勸勉的意思。
③有：取。一説藏。
④掇（ㄉㄨㄛˊ）：拾取。
⑤捋（ㄌㄜˋ）：以手順物抹取。
⑥袺（ㄐㄧㄝˊ）：用衣襟兜物。
⑦襭（ㄊㄨㄟ）：將衣襟結在衣間以承物。

遍地是芣苢呀，快點兒採起來。
遍地是芣苢呀，快點兒摘起來。

遍地是芣苢呀，快點兒拾起來。
遍地是芣苢呀，快點兒捋起來。

遍地是芣苢呀，快點兒兜在襟裡來。

遍地是芣苢呀，快點兒揣在懷裡來。

漢廣

題解

這是一首盪氣迴腸的漢水戀歌。主人是一個懷春少年，他愛上了一個女子，想親近她，不敢說要娶她，而只說願替她餵馬。

這樣，更加誠摯地表現出他的愛慕之情。結果是面對茫茫煙波，悵惘無限，原來那女子是可望而不可求的。

原詩

南有喬木①，不可休息②。
漢有遊女③，不可求思④。
漢之廣矣，不可泳思⑤！
江之永矣⑥，不可方思⑦！

翹翹錯薪⑧，言刈其楚⑨。
之子於歸，言秣其馬⑩。
漢之廣矣，不可泳思！
江之永矣，不可方思！

翹翹錯薪，言刈其蔞⑪。
之子於歸，言秣其駒⑫。
漢之廣矣，不可泳思！
江之永矣，不可方思！

注釋

①喬木：樹幹上聳的樹木。

②休：庇蔭。　息：通「思」，語助詞。

③漢：漢水。　遊女：出遊的女子。
④思：語助詞。
⑤泳：潛行水中，泅渡。
⑥永：長。
⑦方：筏子。這裡用作動詞，坐筏渡河。
⑧翹翹：眾多高起的樣子。　錯薪：錯雜的柴草。
⑨刈（一丶）：割。　楚：荊條。
⑩秣（ㄇㄛ丶）馬：喂馬。
⑪蔞（ㄌㄡˊ）：蔞蒿。
⑫駒：小馬。

南方的喬木真高大，卻不能乘涼在樹下。
漢水女兒正出遊，無奈可望不可求呀。
漢水是這樣寬呀，游泳不能過去啊！
江流是這樣長呀，划船也難過去啊！

在雜亂的柴草中，去割那長長的荊條。
那個姑娘如嫁我，我就餵飽馬兒去迎她！
漢水是這樣寬呀，游泳不能過去啊！
江流是這樣長呀，划船也難過去啊！

在雜亂的柴草中，去割那長長的蔞蒿。
那個姑娘如嫁我，我就餵飽馬兒去迎她！
漢水是這樣寬呀，游泳不能過去啊！
江流是這樣長呀，划船也難過去啊！

召南

采蘩

題解

這是一首宮女采蘩歌。妙在末章從首飾的變化上，寫出了宮女們的辛勤勞累。全詩透過寫宮女們勞碌情景，自然地流露了她們的哀怨和不滿。

原詩

於以采蘩①？於沼於沚②。
於以用之，公侯之事③。

於以采蘩？於澗之中④。
於以用之？公侯之宮⑤。

被之僮僮⑥，夙夜在公⑦。
被之祁祁⑧，薄言還歸。

注釋

①於以：以：哪裡。　蘩：白蒿。
②沼：水池。　沚（ㄓˇ）：小沙洲。
③公侯之事：公侯祭祀之類的事情。一說養蠶一類的事情。
④澗：山谷水道。
⑤宮：宗廟。
⑥被：飾頭的假髮。　僮僮：光潔不亂的樣子。一說眾盛的樣子。
⑦夙夜：一大早。　公：公室。
⑧祁祁（ㄑㄧˊ）：舒緩，這裡形容頭髮鬆散蓬亂的樣子。

哪裡採白蒿？到沙洲到池沼。
哪裡去用它？公侯祭祀時。

哪裡採白蒿？到那溪澗中。
哪裡去用它？公侯宗廟裡。

頭髮梳得光，大早為公忙。
頭髮蓬蓬亂，回家才有盼。

行　露

本篇的主題是寫一個女子對強迫婚姻的反抗，男子想藉官府勢力，強迫她從命，但她絕不屈服，她痛罵男子是鼠、雀之輩，做的是穿牆、破屋、陷害良民的勾當。

厭浥行露①，豈不夙夜②？
謂行多露③。

誰謂雀無角④？何以穿我屋⑤？
誰謂女無家⑥？何以速我獄⑦？
雖速我獄⑧，室家不足⑨。

誰謂鼠無牙？何以穿我墉⑩？
誰謂女無家？何以速我訟⑪？

雖速我訟，亦不女從⑫。

①厭浥（ㄧˋ）：露水很多的樣子。　行（ㄏㄤˊ）露：道路上的露水。
②夙夜：一大早。
③謂：奈何。一說畏，害怕。
④角：頭角，一說鳥嘴。
⑤穿：穿過、穿破。
⑥女：通「汝」。
⑦速：招致。　獄：官司。
⑧雖：即使、哪怕。
⑨室家：結成夫妻。　不足：不可。
⑩墉（ㄩㄥ）：牆。
⑪訟：訴訟。
⑫女從：從女，順從你。

道上的露水濕漉漉，不是大早不趕路，
怕是道上露太多。

誰說那雀兒沒有角？怎麼穿破了我的屋？
誰說你沒有成過家？憑什麼送我進牢獄？
哪怕你送我進牢獄，強迫娶我你理由不足。

誰說老鼠沒有牙？怎麼穿通了我的牆？
誰說你沒有成過家？憑什麼逼我上公堂？
哪怕你逼我上公堂，強迫娶我絕不順從。

摽有梅

這是一首收梅歌。收梅姑娘一邊收梅果，一邊唱情歌，自由地、大膽地呼喚「庶士」來和她及時相愛。

摽有梅①，其實七兮②。
求我庶士③，迨其吉兮④！

摽有梅，其實三兮。
求我庶士，迨其今兮⑤！

摽有梅，頃筐塈之⑥。
求我庶士，迨其謂之⑦！

①摽（ㄅㄧㄠ）：打落。　有：語助詞。
②實：梅子。　七：七成。
③庶士：諸小夥。
④迨（ㄉㄞˋ）：趁著。　吉：好時光。
⑤今：現在。
⑥頃筐：斜口筐。　塈（ㄐㄧˋ）：拾取。
⑦謂：相會。一説告訴。

撲打梅果收梅子，七成還留在樹上啊。
求我的眾小夥兒，趁著這美好的時光啊！

撲打梅果收梅子，三成還留在樹上啊。

求我的眾小夥兒，今天就是個好日子啊！

撲打梅果收梅子，用淺筐把它拾起來。
求我的眾小夥兒，快來相會莫耽誤啊！

小　星

這首詩抒發了給貴族當差的小臣的怨憤。過度的辛勞，使他滿懷不平。然而，對於這種勞逸不均的社會現象，他無法解釋，只好歸之於「命」。這代表了一般苦難人的呼聲，也呈現了中國民眾隱忍的人生態度。

嘒彼小星①，三五在東②。
肅肅宵征③，夙夜在公④。
寔命不同⑤！

嘒彼小星，維參與昴⑥。
肅肅宵征，抱衾與裯⑦。
寔命不猶⑧！

①嘒（ㄏㄨㄟˋ）：星光微弱的樣子。
②三五：形容星星稀少的樣子。
③肅肅：急急忙忙。　宵征：趕夜路。
④夙夜：一大早。　公：公事。
⑤寔（ㄕˊ）：此。一說通「實」。
⑥參昴（ㄇㄠˇ）：二星宿名。嘒（ㄏㄨㄟˋ）：細微聲音

⑦抱：通「拋」。　衾（ㄑㄧㄣ）：被。裯（ㄔㄡˊ）：床帳，一說被單。

⑧不猶：不如。

微光閃閃小星星，三三五五在東方。
急急忙忙趕夜路，大早起來公務忙。
命中注定，和人不一樣。

微光閃閃小星星，參星昴星在天上。
急急忙忙趕夜路，拋開香衾與暖帳。
命中注定，人人比我強。

江有汜

這是一篇別有風趣的失戀詩。在那盛會的日子裡，小夥子與姑娘相愛了。可後來姑娘嫁給他人，小夥子很痛苦，卻又故作氣壯，故作自信。

江有汜[1]，之子歸，不我以[2]。
不我以，其後也悔！

江有渚[3]，之子歸，不我過。
不我與，其後也處[4]！

江有沱[5]，之子歸，不我與[6]。
不我過，其嘯也歌[7]！

①汜（ㄙˋ）：先從主流分出，後又匯入主流的水。

②以：與，相處、相好。

③渚（ㄓㄨˇ）：水中小洲。

④處：，憂傷。

⑤沱：長江的支流。

⑥過：看望。

⑦嘯：因內心痛苦而發出的長嗚聲。

長江有分流，你出嫁了，
不再與我親密。不再與我親密，
將來定要後悔！

長江有小洲，你出嫁了，
不再與我相好。不再與我相好，
將來定要憂愁！

長江有支流，你出嫁了，
不再與我來往。不再與我來往，
讓你長嘯又悲歌！

野有死

這是一則發生在郊野的愛情故事。詩中描寫的正是男子向女子獻獵物求愛的情景。全詩以高度集中的筆墨，完整地記述了一個愛情故事。有景、有情、有人、有物、有活動、有發展，在三百篇中別具一格。

野有死麕[①]，白茅包之[②]。
有女懷春[③]，起士誘之[④]。

林有樸樕[⑤]，野有死鹿。
白茅純束[⑥]，有女如玉。

舒而脫脫兮[⑦]，無感我帨兮[⑧]。
無使尨也吠[⑨]！

①麕（ㄐㄩㄣ）：獸名，獐。
②白茅：草名。
③懷春：當春有懷，指男女情思。
④起士：對小夥子的美稱。　誘：引誘、挑逗。
⑤樸樕（ㄙㄨˋ）：小木。
⑥純束：捆到一起。
⑦舒：慢慢地。　而：通「爾」，你。　脫脫：這裡是女子勸男子動作輕緩一點。
⑧感：通「撼」，動搖。　帨（ㄕㄨㄟˋ）：頭巾。
⑨尨（ㄇㄤˊ）：狗。　吠：狗叫。

死獐躺在山野的草窩，叢生的白茅將牠埋沒。
姑娘的春心已動，小夥子將她撩撥。

山林裡有砍下的樹枝，山野裡有躺著的死鹿。
用茅草一併捆起，作為聘禮獻給美女。

你慢點啊輕輕來，不要扯我的頭巾帶。
不要惹狗叫起來。

邶　風

柏　舟

題解

這首詩寫出了一個在惡劣的環境中被壓迫者的悲憤。詩中不僅寫出了詩人的心緒，也寫出了他的感情、性格、希望與追求。詩中詩人的自我形象很鮮明。

泛彼柏舟①，亦泛其流。
耿耿不寐②，如有隱憂③。
微我無酒④，以敖以遊⑤。

我心匪鑒⑥，不可以茹⑦。
亦有兄弟，不可以據⑧。
薄言往愬⑨，逢彼之怒。

我心匪石，不可轉也。
我心匪席，不可卷也。
威儀棣棣⑩，不可選也⑪。

憂心悄悄⑫，慍於群小⑬。
覯閔既多⑭，受侮不少。
靜言思之⑮，寤辟有摽⑯。

日居月諸⑰，胡迭而微⑱？
心之憂矣，如匪澣衣⑲。

靜言思之，不能奮飛。

①泛：漂流的樣子。　柏舟：柏木做的舟。
②耿耿：不安的樣子，或為眼睜著不能入睡的樣子。
③隱憂：內心的煩憂。
④微：非，不是。
⑤以敖以遊：遨遊。
⑥匪：通「非」，不是。　鑒：鏡子。
⑦茹：容納。
⑧據：依靠。
⑨薄言：姑且、勉強的意思。　愬（ㄙㄨˋ）：告訴。
⑩威儀：尊嚴、容止。　棣棣（ㄉㄧˋ）：雍容閒雅的樣子。
⑪選：通「巽」，屈撓退讓的意思。
⑫悄悄：憂愁的樣子。
⑬慍：怨。　群小：眾小人。
⑭覯（ㄍㄡˋ）閔：遭受憂苦。
⑮靜言：靜然，靜靜地。
⑯寤：覺悟。　辟：拊心。　摽（ㄅㄧㄠ）：擊打。
⑰居、諸：語助詞。
⑱胡：何。　迭：更、輪番。　微：虧，晦暗不明。
⑲匪：彼也。澣（ㄏㄨㄢˇ）衣：浣衣，比喻忐忑不安。
⑳奮飛：奮翼而飛。

柏木船兒在漂浮，漂浮在那河中流。
眼兒睜睜睡不著，萬千煩憂在心頭。
不是這兒沒酒喝，也非無處去逛遊。

我心不比一面鏡，是美是醜全包容。
也有手足親兄弟，誰知他們難依靠。
想到那兒把苦訴，未料他們發起怒。

我心不和石頭比，哪能任人去轉移。
我心也非蓆可比，哪能要捲就捲起。
人有顏面樹有皮，哪能忍辱受人欺。

煩惱沉沉壓在心，小人們對我怨恨深。
遭逢苦難說不盡，忍受侮辱數不清。
靜下心來想一想，不由拊心又捶胸。

問遍太陽和月亮，為何輪番無光芒？
無限煩惱駐心頭，好似洗衣久揉搓。
靜下心來細細想，怎能展翅遠飛翔。

綠衣

這是一首感舊詩。細會詩意，似有一種「悼亡」的悲涼隱伏在其中。詩人睹物傷神，憂思難忘，感情基調極為淒苦。

綠兮衣兮，綠衣黃裡①。
心之憂矣，曷維其已②！

綠兮衣兮，綠衣黃裳③。
心之憂矣，曷維其亡！

綠兮絲兮，女所治兮④。
我思古人⑤，俾無訧兮⑥！

絺兮綌兮⑦，淒其以風。
我思古人，實獲我心⑧。

①裡：裡面的衣服。
②曷：何，何時。　已：止。
③裳：下衣。
④治：製作。
⑤古人：故人，指亡妻。
⑥俾：使。　無訧（ㄧㄡˊ）：無尤，沒有過失。
⑦絺（ㄔ）：細葛布。　綌（ㄒㄧˋ）：粗葛布。
⑧獲：得，引申為中意。

綠色的外衣啊，黃黃的內衣。
心中的悲傷啊，何時能平息？

綠色的上衣啊，黃黃的下衣。
心中的悲傷啊，哪裡能忘記？

綠色的絲啊，你曾親手理過。
我思念的故人啊，糾正了我多少差錯。

葛布粗啊葛布細，穿在身上涼淒淒。
我思念的故人啊，你才合我的心意。

燕燕

這是一首送別詩。開篇即在追憶中寫別情，別情一波三折、一意三迭，輾轉出許多哀婉。文章振筆直起，讚頌「仲氏」之德，並寄與希望，哀而不傷。

燕燕於飛①，差池其羽②。
之子於歸，遠送於野③。
瞻望弗及④，泣涕如雨。

燕燕於飛，頡之頏之⑤，
之子於歸，遠於將之⑥。
瞻望弗及，佇立以泣⑦。

燕燕於飛，下上其音⑧，
之子於歸，遠送於南。
瞻望弗及，實勞我心⑨。

仲氏任只⑩，其心塞淵⑪。
終溫且惠⑫，淑慎其身⑬。
先君之思⑭，以勖寡人⑮。

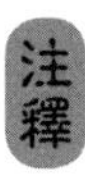

①燕燕：即燕子。　於飛：飛。於，語中助詞，沒有意義。
②差池：不齊的樣子。
③野：郊外。
④瞻望：遠望、展望。　弗及：這裡指看不見。
⑤頡（ㄐㄧㄝˊ）：上飛。　頏（ㄏㄤˊ）：下飛。

⑥將：送。
⑦佇立：久立。
⑧下上其音：上下飛鳴。
⑨勞：愁苦。
⑩仲氏：排行老二稱仲氏。　任：信任。一說任是姓。
⑪塞：實。　淵：深。
⑫終：既。　惠：順。
⑬淑：善良。　慎：謹慎。
⑭先君：已故的國君。
⑮勖（ㄒㄩˋ）：勉。　寡人：國君自稱。

燕子飛來飛去，前前後後緊相隨。
這個姑娘要出嫁，送她送到郊野外。
望呀望她不見了，淚珠兒像陣陣雨。

燕子飛來飛去，上上下下忙翻飛。
這個姑娘要出嫁，遠遠地送她一程。
望呀望她不見了，久久呆立淚滿面。

燕子飛來飛去，忽上忽下地鳴唱。
這個姑娘要出嫁，遙遙送她到南面。
望呀望她不見了，實在讓我好傷心。

老二為人真可靠，她的心地很厚道。
既溫柔來又和順，為人善良又周到。
「經常要想起父親」，這是她給我的叮嚀。

終 風

這首詩寫出了初嘗禁果的少女心頭的莫名滋味。她思念、她憂慮、她哀傷，詩篇以暴、霾、曀、雷等自然現象來反襯少女內心世界的激盪，更增添了無限的悲傷。

終風且暴①，顧我則笑②。
謔浪笑敖③，中心是悼④。

終風且霾⑤，惠然肯來⑥。
莫往莫來，悠悠我思⑦。

終風且曀⑧，不日有曀。
寤言不寐⑨，願言則嚏⑩。

曀曀其陰⑪，虺虺其雷⑫。
寤言不寐，願言則懷⑬。

①終：既。　暴：暴風。
②顧：看。
③謔浪：戲謔。　笑敖：調笑。
④中心：內心。　悼：哀傷驚恐。
⑤霾（ㄇㄞˊ）：大風揚塵。
⑥惠：愛。
⑦悠悠：思念的樣子。
⑧曀（ㄧˋ）：天陰。
⑨寤言：不寐的樣子。
⑩願言：希望。　嚏：噴嚏。

⑪曀曀：天陰沉昏暗的樣子。
⑫虺虺（ㄏㄨㄟˇ）：雷聲。
⑬懷：悲傷。

風兒起，風兒狂。他對我嬉笑做怪樣。
戲謔調笑真胡鬧，我心恐慌又悲傷。

風兒起，塵土揚。他愛來到我身旁。
如果他不再來往，我又不禁把他想。

風兒起，日無光。太陽露面又躲藏。
眼睜睜地躺在床，願他打噴嚏，知我把他想。

天空陰沉沉，雷聲轟隆隆。
眼睜睜地躺在床，願他悔悟，能把我來想。

擊　鼓

這是一篇寫遠征士兵悲苦心情的詩。他們被迫出征，軍容不整，心神不寧，常有家室之思。且自己生死難卜，不覺心酸，不覺痛苦呼號。一股征人的怨苦之氣流露在字裡行間。

擊鼓其鏜①，踴躍用兵②。
土國城漕③，我獨南行④。

從孫子仲[5]，平陳與宋[6]。
不我以歸[7]，憂心有忡[8]。

爰居爰處[9]，爰喪其馬[10]。
於以求之[11]？於林之下。

死生契闊[12]，與子成說[13]。
執子之手，與子偕老。

於嗟闊兮[14]！不我活兮[15]！
於嗟洵兮[16]！不我信兮[17]！

①鏜（ㄊㄤˊ）：鼓聲。
②踴躍：跳躍出刺的樣子，這裡指操練武術時的動作。　兵：兵器。
③土、國：同義，即興土工。　城漕：在漕邑築城。
④南行：從軍南征。
⑤孫子仲：人名，衛國大臣。
⑥平：平定。
⑦不我以歸：不讓我回歸。以，於。
⑧忡（ㄔㄨㄥ）：心憂不寧的樣子。
⑨爰（ㄩㄢˊ）：乃，於是。
⑩喪：丟失。
⑪於以：於何。
⑫契闊：離合。
⑬子：你。　成說：約定誓言。
⑭闊：離別。
⑮不我活：不讓我活。
⑯洵：久遠。一說誠。
⑰信：伸。

鼓聲咚咚，緊張地練兵。
興土工築漕城，我卻獨自向南行。

跟隨了孫子仲，平定了陳宋糾紛。
還不讓我回去，我真的好傷心。

於是停留於是住下，於是丟了我的馬。
到哪裡去尋找？到那樹林底下。

人有生死離合，我曾與你約好。
曾緊握你的手，要和你相伴到老。

哎呀長別了呀！我要沒命了啊！
我的心誠意切啊！可就是實現不了啊！

凱　風

這是一首孝子自責詩。詩中反覆強調母親的深恩，字裡行間充滿著自責的苦楚。

凱風自南①，吹彼棘心②。
棘心夭夭③，母氏劬勞④。

凱風自南，吹彼棘薪⑤。

母氏聖善[⑥]，我無令人[⑦]。

爰有寒泉[⑧]，在浚之下[⑨]。
有子七人，母氏勞苦。

睍睆黃鳥[⑩]，載好其音[⑪]。
有子七人，莫慰母心。

①凱風：南風，喻母親的愛。
②棘心：未成長的小棘（ㄐㄧˊ）樹。酸棗樹。
③夭夭：少壯的樣子。
④劬（ㄑㄩˊ）勞：辛勤勞累。劬，勞苦。
⑤棘薪：長成的棘樹。
⑥聖善：明達善良。
⑦令人：善人。
⑧爰：語助詞。　寒泉：水名。
⑨浚：衛國地名。
⑩睍（ㄒㄧㄢˋ）睆（ㄏㄨㄢˇ）：鳥婉轉的鳴叫聲；小視。
⑪載：語助詞。

和風習習自南方，吹拂小棗樹慢慢長。
棗樹長得很茁壯，辛勤勞苦累壞了娘。

和風習習自南方，吹得棗樹成薪柴。
母親為人真正好，只嘆我們不成材。

這裡寒泉冷又清，浚城下邊流不停。
母親空有七個兒，日子過得仍艱辛。

嘰嘰喳喳黃雀鳴，美妙婉轉好聲音。
母親空有七個兒，沒人安慰她的心。

雄　雉

這是一首婦人思念征夫的詩。在悠悠的思念中，飽含著對給她丈夫造成行役之苦的統治者的無限憤慨。

雄雉於飛①，泄泄其羽②。
我之懷矣③，自詒伊阻④。

雄雉於飛，下上其音⑤。
展矣君子⑥，實勞我心⑦。

瞻彼日月，悠悠我思。
道之云遠，曷云能來⑧？

百爾君子⑨，不知德行。
不忮不求⑩，何用不臧⑪？

①雄雉：雄野雞。
②泄泄：振翅飛翔的樣子。
③懷：憂慮、悲傷。
④詒：遺留、送給。　伊：其。　阻：憂，一說難。
⑤下上其音：上下飛鳴。一說鳴聲忽高忽低。
⑥展：誠，實在。

⑦勞：憂勞。

⑧曷：何。

⑨百爾君子：即爾百君子，指在位的諸君子。

⑩忮（ㄓˋ）：忌恨。　求：貪求。

⑪何用：何為。　不臧（ㄗㄤ）：不善、不好。

雄野雞飛走了，拍動著翅膀。
我的憂傷啊，是自找的孽障。

雄野雞飛走了，飛動著發出鳴聲。
實在呀君子，是你憂勞我的心。

看著穿梭似的日月，一天天把你思念。
道路是這樣的遙遠，你何時才能回還？

你們這些老爺，難道不知修養之道？
不要忌恨不要貪求，你們幹什麼不好？

匏有苦葉

這是一首女子待嫁歌。主要描寫女子的心理活動，而間接點明了季節、時間、物候、地點、場面等。不僅使詩篇充滿生活氣息，而且有效地突出了女子在特殊的環境中的感情。

匏有苦葉①，濟有深涉②。
深則厲③，淺則揭④。

有瀰濟盈[5]，有鷕雉鳴[6]。
濟盈不濡軌[7]，雉鳴求其牡[8]。

雝雝鳴雁[9]，旭日始旦[10]。
士如歸妻[11]，迨冰未泮[12]。

招招舟子[13]，人涉卬否[14]。
人涉卬否，卬須我友[15]。

①匏（ㄆㄠˊ）：葫蘆。　苦：通「枯」，葉枯則葫蘆已熟。
②濟：水名。　深涉：渡口。
③厲：橫渡、泅渡。
④揭：提起衣服渡河。
⑤瀰：水滿的樣子。　盈：滿。
⑥鷕（ㄧㄠˇ）：雉鳴聲。
⑦濡（ㄖㄨˊ）：沾濕。　軌：車軸頭。
⑧牡：雄性動物。這裡指雄雉。
⑨雝（ㄩㄥ）：雁鳴聲。
⑩旭日：初升的太陽。　旦：天亮。
⑪歸妻：想娶妻子。
⑫迨：趁。　泮（ㄆㄢˋ）：合，結冰。
⑬招招：呼喚的樣子，一說搖擺的樣子。　舟子：船夫。
⑭卬（ㄤˊ）：我。
⑮須：等待。　友：指情人。

葫蘆熟了葉子枯，濟水深處有渡口。
若是水深去橫渡，若是水淺提衣過。

茫茫一片濟水滿，吆吆聽得野雞唱。

濟水不滿輪子半，雌雞正把雄雞盼。

大雁雝雝相鳴唱，初升太陽放光芒。
哥哥有心來娶妹，趁著河未冰封上。

船夫搖搖把船擺，人家渡河我等待。
人家渡河我等待，等我哥哥過河來。

谷風

題解

這是一首棄婦詩。它把敘事和抒情結合在一起，從而使我們能清楚地瞭解到女子遭棄的原因，棄時的情景以及棄後的心情。同時也能看出她對美好的家庭生活所做的努力。全詩如泣如訴，極富藝術魅力。

習習谷風[1]，以陰以雨[2]。
黽勉同心[3]，不宜有怒[4]。
采葑采菲[5]，無以下體[6]。
德音莫違[7]，及爾同死[8]。

行道遲遲[9]，中心有違[10]。
不遠伊邇[11]，薄送我畿[12]。
誰謂荼苦[13]，其甘如薺[14]。
宴爾新昏[15]，如兄如弟。

涇以渭濁[16]，湜湜其沚[17]。
宴爾新昏，不我屑以[18]。

毋逝我梁[19]，毋發我笱[20]。
我躬不閱[21]，遑恤我後[22]！

就其深矣，方之舟之[23]。
就其淺矣，泳之遊之。
何有何亡[24]，黽勉求之。
凡民有喪[25]，匍匐救之[26]。

不我能慉[27]，反以我為讎。
既阻我德[28]，賈用不售[29]。
昔育恐育鞫[30]，及爾顛覆[31]。
既生既育[32]，比予於毒[33]。

我有旨蓄[34]，亦以禦冬[26]。
宴爾新昏，以我禦窮。
有洸有潰[36]，既詒我肄[37]。
不念昔者，伊余來塈[38]！

①習習：風聲。　谷風：山谷中的大風。
②以陰以雨：為陰為雨，喻丈夫暴怒無常。
③黽（ㄇㄧㄣˇ）勉：努力。
④宜：應該。
⑤葑（ㄈㄥ）：蔓菁。菲：蘿蔔。
⑥無以：不用。　下體：指根莖部分。
⑦德音：德心。　違：邪、不正。
⑧及爾：和你。
⑨遲遲：緩慢的樣子。
⑩中心：心中。　違：相背。
⑪伊：語助詞。　邇：近。
⑫薄：語助詞。畿（ㄐㄧ）：門檻。
⑬荼（ㄊㄨˊ）：苦菜。

⑭薺：野菜名，味甜。
⑮宴爾：快樂。　昏：即「婚」。
⑯涇、渭：涇、渭皆水名，涇濁渭清。　以：因。
⑰湜（ㄕˊ）：水清澈的樣子。　沚（ㄓˇ）：水底。
⑱不我屑以：不屑和我在一起。
⑲毋：不要。　逝：往。　梁：捕魚的石堰。
⑳發：打開。　笱：捕魚的竹籠。
㉑我躬：我自己。　閱：容納。
㉒遑：何況。　恤：憂慮。
㉓方：筏子，用筏子渡水。　舟：用舟渡水。
㉔何有：有什麼。　何亡：沒什麼。黽（ㄇㄧㄣˇ）：勤勉、努力。
㉕民：人，指鄰里之人。　喪：災難。
㉖匍匐：本意是手足並行，這裡有急速前往之意。
㉗能：乃。　慉：通「畜」，愛。
㉘阻：拒絕。
㉙賈用不售：做買賣而不能銷售。賈，做買賣。
㉚育：養，生活。　恐：恐慌。　鞫（ㄐㄩˊ）：貧窮。
㉛顛覆：生活困窘。
㉜既生既育：生兒育女。
㉝比予於毒：指丈夫將自己看作有害之物。予，我。毒，毒物。
㉞旨蓄：蓄以過冬的美味乾菜。旨，甘美。蓄，積蓄。
㉟禦冬：抵擋一個冬天。
㊱有：語助詞。　洸潰：水激蕩潰決的樣子，這裡用來形容男子的暴戾兇狠。
㊲詒：給予。　肄（ㄧˋ）：勞。
㊳伊余來塈（ㄐㄧˋ）：維我是愛。伊，維。余，我。來，是。塈，愛。

山谷中大風作響，陰雲滿天大雨流淌。
我事事依順著你，你平空惱怒把人傷。
採來蘿蔔和蔓菁，留下枝葉棄根莖。
往日恩情休拋棄，生死相依不離分。

我的腳步慢騰騰，心中真是恨悠悠。

走了幾步不算遠，送到門口肯不肯？
誰說苦菜味道苦？我吃起來甜如薺。
瞧你們新婚多快樂，哥呀妹呀真甜蜜。

因為渭水涇水才顯濁，涇水定下也清見底。
瞧你們新婚多快樂，不屑和我再接近。
別來我的攔魚壩，別動我的捕魚籠。
我自身還不見容，怎能顧及我走後的事情？

好比是深深的河流，用筏用船來渡過。
好比是淺淺的溪水，泅水渡水游過去。
家裡有啥沒有啥，我想方設法弄周全。
凡是鄰居有急難，我奔走相助不耽延。

你不愛我也罷了，反把我當作仇人看。
拒絕我的好心意，好似貨物出手難。
從前生活老怕窮，吃苦患難共同擔。
現在家境有好轉，你把我當作毒物般。

我貯藏了美味的乾菜，準備用它來過冬。
瞧你們新婚多快樂，卻拿我的東西來擋窮。
打我罵我欺負我，所有重活扔給我。
從前的事情你忘光，你我還曾愛過一場。

式　微

這是一首情人幽會時相互戲謔的歌。一個問，一個答，一個嘲訕，一

個罵俏，雙方都緊緊按捺住一個「愛」字不肯說出。淡淡數筆，把他們的燕昵之情以及歡快的氣氛都描繪出來了。

式微①，式微，胡不歸②？
微君之故③，胡為乎中露④？

式微，式微，胡不歸？
微君之躬⑤，胡為乎泥中？

①式微：天已黑。式，發語詞。微，天黑。
②胡：何，為什麼。
③微：非，沒有。
④中露：露水之中。
⑤躬：身。

天黑啦，天黑啦，為何還不快回家？
不是為了你，我何必在露水地裡把腳踏。

天黑啦，天黑啦，為何還不快回家？
不是為了你，我何必在泥濘地上把腳踏。

北門

這首詩抒寫小臣的怨嘆。主人外有「王事」、「政事」之勞，內有妻兒家小之責，位足以勤王事，力不足以養家室，事繁而祿薄，外勞而內

怨，化作滿腹的嘆惋。

出自北門，憂心殷殷①。
終窶且貧②，莫知我艱③。
已焉哉④！
天實為之，謂之何哉！

王事適我⑤，政事一埤益我⑥。
我入自外，室人交遍讁我⑦。
已焉哉！
天實為之，謂之何哉！

王事敦我⑧，政事一埤遺我⑨。
我入自外，室人交遍摧我⑩。
已焉哉！
天實為之，謂之何哉！

①殷殷：憂傷的樣子。
②終：既。　窶（ㄐㄩˋ）：困窘。
③艱：苦，困厄。
④已焉哉：就算了吧。
⑤王事：政事。　適：督責。
⑥埤（ㄅㄧˋ）益：加給好處。
⑦室人：家裡人。　交遍：普遍。　讁：責怪。
⑧敦：敦迫。
⑨埤遺：同「埤益」。
⑩摧：責怪。

走出北門愁無限，萬千煩惱壓心頭。
既窮苦來又貧寒，誰知我的生活如此艱難！
罷了！罷了！
老天爺要我這麼樣，我還能有甚辦法！

王事推給我，政事一古腦加給我。
我從外邊進來，老婆孩子埋怨我。
罷了！罷了！
老天爺要我這麼樣，我還能有甚辦法！

王事丟給我，政事一古腦交給我。
我從外面進來，老婆孩子排斥我。
罷了！罷了！
老天爺要我這麼樣，我還能有甚辦法！

靜　女

這是一首寫男女幽會的詩。詩中以歡快的筆調，描寫了一對青年男女相約、相戲、相見、相贈的情景。

靜女其姝①，俟我於城隅②。
愛而不見③，搔首踟躕④。

靜女其孌⑤，貽我彤管⑥。

彤管有煒[7]，說懌女美[8]。

自牧歸荑[9]，洵美且異[10]。
匪女之為美[11]，美人之貽。

①靜女：幽靜的姑娘。　姝（ㄕㄨ）：美好、漂亮。
②俟（ㄙˋ）：等待。　城隅：城頭的角樓。
③愛：通「薆」，隱蔽。一說喜愛。
④搔首：撓頭。　踟躕（ㄔˊㄔㄨˊ）：徘徊。
⑤孌（ㄌㄨㄢˊ）：美麗。
⑥貽：贈送。　彤管：紅管草。彤，紅色。
⑦煒（ㄨㄟˇ）：鮮明的樣子。
⑧說懌（ㄩㄝˋ ㄧˋ）：心喜。說，同「悅」。　女：汝，指彤管。
⑨牧：野外的牧地。　歸：通饋（ㄎㄨㄟˋ），贈送。　荑（ㄊㄧˊ）：指初生的茅荑。
⑩洵：實在。　異：奇異、新異。
⑪匪：通「非」。　女：通「汝」，指荑。

美麗姑娘惹人愛，約我城角樓上來。
暗裡躲著逗人找，害我抓耳又撓腮。

美麗的姑娘長得俏，送我一把紅管草。
紅管草顏色真是鮮，我愛你紅色無比好。

牧場嫩草為我採，我愛草兒美得怪。
不是草兒美得怪，因是美人贈我來。

新台

這是一首傷女子所嫁非人的詩。《毛詩序》誤以為是諷刺衛宣公強佔兒媳之事。

新台有泚①，河水瀰瀰②。
燕婉之求③，籧篨不鮮④。

新台有灑⑤，河水浼浼⑥。
燕婉之求，籧篨不殄⑦。

魚網之設，鴻則離之⑧。
燕婉之求，得此戚施⑨。

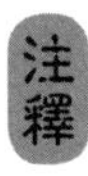

①泚（ㄘˇ）：鮮明的樣子。
②瀰瀰：水盛滿的樣子。
③燕婉：美好的樣子。
④籧篨（ㄑㄩˊ ㄔㄨˊ）：雞胸。比喻人相貌醜惡。
⑤灑（ㄙㄚˇ）：高峻的樣子。
⑥浼浼（ㄇㄟˇ）：水盛大的樣子。
⑦不殄：不鮮，不死。
⑧鴻：大雁。　離：到來。
⑨戚施：駝背。

新台那樣鮮明，河水一片茫茫。
所求的是美貌郎君，卻嫁了個醜惡的雞胸漢！

高台那樣高峻，河水一片漫漫。
所求的是美貌郎君，卻嫁給了個該死的雞胸漢。

撒下的是魚網，撈來的是吃魚的大雁。
所求的是美貌郎君，得到的是這個駝背公公。

鄘　風

柏　舟

此詩抒寫了愛情被阻的苦惱。主人是一位少女，她選中了意中人，偏偏受到阻撓，因而她發出了這激憤而哀痛的呼聲。詩中用柏舟之飄蕩，來象徵愛情旅途中心神恍惚、事無結局的心境。

泛彼柏舟，在彼中河①。
髧彼兩髦②，實維我儀③。
之死矢靡它④。
母也天只⑤！不諒人只⑥！

泛彼柏舟，在彼河側。
髧彼兩髦，實維我特⑦。
之死矢靡慝⑧。
母也天只！不諒人只！

①中河：河中。
②髧（ㄉㄢˋ）：頭髮下垂的樣子。　髦（ㄇㄠˊ）：齊眉的毛髮。
③維：為。　儀：匹，配偶。
④之死：到死。之，至，到。　矢靡它：絕對沒有別的希求。矢，誓。靡，無。它，其他。
⑤母也天只：痛極疾呼之詞，喚母同時喚天。只，哉，語助詞。
⑥諒：體諒，諒解。
⑦特：本義為公牛，這裡指男性配偶。

⑧靡慝（ㄊㄜˋ）：不變心。慝，忒，更改。

柏木船兒在漂蕩，漂蕩在那河的中央。
垂髮齊眉的少年郎，我願與他配成雙。
到死我也不會變心腸。
我的娘啊我的天，人家的心思你不體諒！

柏木船兒在漂蕩，漂蕩在那河岸旁。
垂髮齊眉的少年郎，我願與他配成雙。
到死我也不會變主張。
我的娘呀我的天，人家的心思你不體諒！

君子偕老

這是一首感嘆麗人的詩作。開篇用「君子偕老」，反映了人們對美好婚姻的嚮往和祝頌。而「子之不淑」一句，頓作痛惜之辭，表明了事出意外，也表現了對麗人不幸遭遇的同情。

君子偕老①，副笄六珈②。
委委佗佗③，如山如河④。
象服是宜⑤。
子之不淑⑥，云如之何！

玼兮玼兮⑦！其之翟也⑧。
鬒髮如雲⑨，不屑髢也⑩。

玉之瑱也[11]，象之揥也[12]。
揚且之皙也[13]。
胡然而天也[14]！胡然而帝也！

瑳兮瑳兮[15]！其之展也[16]。
蒙彼縐絺[17]，是紲袢也[18]。
子之清揚[19]，揚且之顏也[20]。
展如之人兮[21]，邦之媛也[22]！

①偕老：一起到老，白頭到老。
②副：一種頭飾。　笄（ㄐㄧ）：簪子。　珈（ㄐㄧㄚ）：副笄上的玉飾。
③委委佗佗（ㄊㄨㄛˊ）：形容舉止從容大方。
④如山如河：形容儀態穩重深沉。
⑤象服：繪有文飾圖案的禮服。　宜：適宜。
⑥不淑：不幸。一說不善。
⑦玼（ㄘˇ）：鮮明的樣子。
⑧翟（ㄉㄧˊ）：繪有野雞圖案的禮服。
⑨鬒（ㄓㄣˇ）髮：黑髮。
⑩髢（ㄊㄧˋ）：假髮。
⑪瑱（ㄊㄧㄢˋ）：垂於兩耳旁的玉飾。
⑫象揥（ㄊㄧˋ）：象牙製的簪。
⑬皙：面色白淨。
⑭胡然：為什麼這樣。
⑮瑳（ㄘㄨㄛˇ）：鮮明的樣子。
⑯展：一種禮服。
⑰蒙：罩。　縐絺（ㄔ）：精細的葛布。
⑱紲袢（ㄒㄧㄝˋ ㄆㄢˋ）：內衣。
⑲清揚：眉目清秀。
⑳顏：容貌美，有光彩。
㉑展：確實。
㉒媛：美女。

君子終身的好伴侶，玉簪、首飾插在頭上。
從容的舉止，端莊的相貌。
山一般的穩重，水一般的深沉。
華麗的禮服真真得體。
要說這個姑娘不好，還有什麼話可講！

鮮明又絢麗啊，是她衣服上的彩羽呀。
烏雲一般的黑髮，不用結上假髮。
那寶玉做成的耳墜，那象牙製成的髮釵。
映襯那白皙光潔的面容。
怎麼像天仙一樣！怎麼像帝女一樣！

絢麗又鮮明啊，是她紅紗做成的上衣呀。
罩上縐紗細葛衫，是她素色的內衣啊。
那清秀明媚的眉眼啊，映襯如玉的容顏。
像這樣美麗的人啊，真是傾國又傾城呀！

桑　中

這是一篇男子約會的情歌。根據約會地點可知，此歌是在男女盛會時所唱。「期我」「要我」「送我」的排比連用，寫出了女子的主動情態和男子的歡悅情懷。

爰采唐矣①？沬之鄉矣②。

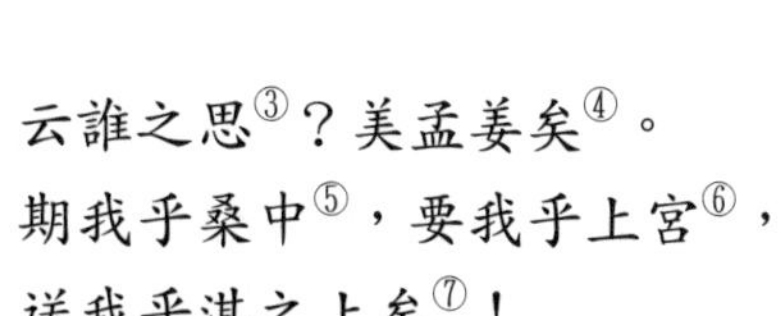

云誰之思③？美孟姜矣④。
期我乎桑中⑤，要我乎上宮⑥，
送我乎淇之上矣⑦！

爰采爰麥矣？沬之北矣。
云誰之思？美孟弋矣⑧。
期我乎桑中，要我乎上宮，
送我乎淇之上矣！

爰采葑矣⑨？沬之東矣。
云誰之思？美孟庸矣⑩。
期我乎桑中，要我乎上宮，
送我乎淇之上矣！

注釋

①爰（ㄩㄢˊ）：於何，到哪裡。　唐：植物名，又名女蘿。
②沬（ㄇㄟˋ）：衛國地名。　鄉：郊內之地。沬
③云誰之思：思念誰。云，發語詞。之，是。
④孟姜：姓姜的大姑娘。
⑤桑中：桑間或桑林之中，是男女會聚的地方。
⑥要：邀請。　上宮：桑林中的宮室。
⑦淇：水名，在邑東，青年男女多在這裡聚會。
⑧弋（ㄙˋ）：通「姒」，夏后氏之姓。
⑨葑（ㄈㄥ）：植物名，即蕪菁、蔓菁。
⑩庸：姓氏。

詩意

到哪兒去採女蘿？到那沬邑的鄉下呀。
我在心中思念誰？美麗的姜家大姑娘。
約我到桑林，邀我來上宮，
送我送到淇水上！

到哪兒去採麥呢？到沫邑的城北呀。
我在心中思念誰？美麗的弋家大姑娘。
約我到桑林，邀我來上宮，
送我送到淇水上！

到哪裡去採蔓菁？到沫邑的城東呀。
我在心中思念誰？美麗的庸家大姑娘。
約我到桑林，邀我來上宮，
送我送到淇水上！

相　鼠

這首詩諷刺、抨擊那些「雖居尊位，猶為暗昧之行」的統治者。詩中有憤怒的呵斥、無情的詛咒，同時也流露出一種激憤但又無奈的思想情緒。

相鼠有皮①，人而無儀②。
人而無儀，不死何為？

相鼠有齒，人而無止③。
人而無止，不死何俟④？

相鼠有體，人而無禮。
人而無禮，胡不遄死⑤？

①相鼠：今之黃鼠。一說相：是視、看的意思。
②儀：禮儀。
③止：容止。
④俟（ㄙˋ）：等待。
⑤遄（ㄔㄨㄢˊ）：快、速。

相鼠還有皮，做人沒禮儀。
做人沒禮儀，不死幹什麼？

相鼠還有齒，做人不知恥。
做人不知恥，不死等什麼？

相鼠還有體，做人不守禮。
做人不守禮，還不快點死？

載馳

這是許穆夫人嘆惜宗國顛覆的詩篇。西元前六六〇年，衛懿公為狄人所滅。許穆夫人聞訊後，不顧許國人的阻撓，來到漕邑弔唁，並寫下該篇，以表達她的愛國情懷。

載馳載驅[①]，歸唁衛侯[②]。
驅馬悠悠[③]，言至於漕[④]。
大夫跋涉[⑤]，我心則憂。

既不我嘉⑥，不能旋反⑦。
視爾不臧⑧，我思不遠。
既不我嘉，不能旋濟⑨。
視爾不臧，我思不閟⑩。

陟彼阿丘⑪，言采其蝱⑫。
女子善懷⑬，亦各有行⑭。
許人尤之⑮，眾稚且狂⑯。

我行其野，芃芃其麥⑰。
控於大邦⑱，誰因誰極⑲。
大夫君子，無我有尤⑳。
百爾所思，不如我所之㉑。

注釋

①載：且，乃。　馳：馬快跑。　驅：用鞭子打馬。
②唁（一ㄢˋ）：人有不幸前往慰問。這裡指弔唁。
③悠悠：道路遙遠的樣子。
④言：乃。　漕：衛國地名。
⑤跋：過山。　涉：渡水。
⑥嘉：贊同。
⑦旋反：馬上返回（衛國）。
⑧臧：善。
⑨旋濟：馬上停止。
⑩閟（ㄅ一ˋ）：通「毖」，謹慎。
⑪陟（ㄓˋ）：登。
⑫蝱（ㄇㄥˊ）：貝母。
⑬善懷：多愁善感。
⑭行：道。
⑮尤：責怪、埋怨。
⑯眾稚且狂：又幼稚又狂妄。眾，終，既。

⑰芃（ㄆㄥˊ）：茂盛的樣子。
⑱控：赴告。
⑲誰因誰極：誰可靠，誰是靠山。因，依靠。極，本，靠山。
⑳無：不要。　尤：責備。
㉑我所之：我所想到的。

趕著馬兒駕著車，慰問衛侯回國去。
打馬走過漫漫長途，
我來到了漕邑。
大夫們跋山涉水追趕我，
我的心中湧上陣陣憂愁。

即使你們不贊成我走，
我也不能馬上就回頭。
我看你們的主張不高明，
難道我的想法也不長遠？
即使你們不贊成我走，
我也不能馬上就停留。
我看你們的主張不高明，
我的考慮不是不謹慎。

登上那邊的山丘，
去採摘那貝母草。
女子們多愁善感，
也有自己的主張。
許國人對我埋怨不休，
認為我既幼稚又輕狂。

我走到那邊的田野上，

麥苗兒正在蓬勃成長。
把國難向大國報告，
誰能依靠？誰靠得住？
各位大夫高官啊，
不要再責備我荒唐。
即使你們有千百個主意，
也沒有我一個人想得周詳！

衛 風

碩 人

《左傳・隱公三年》傳云：「衛莊公娶于齊東宮得臣之妹，日莊姜，美而無子，衛人所以賦『碩人』也。」這是關於《碩人》的最早紀錄。詩篇以莊姜之美為中心，一時將莊姜無邊的美好，送入衛人眼中，使人感嘆詠唱而情不能盡。

碩人其頎①，衣錦褧衣②。
齊侯之子③，衛侯之妻，
東宮之妹④，邢侯之姨⑤，
譚公維私⑥。

手如柔荑⑦，膚如凝脂⑧，
領如蝤蠐⑨，齒如瓠犀⑩，
螓首蛾眉⑪，巧笑倩兮⑫，
美目盼兮⑬。

碩人敖敖⑭，說於農郊⑮。
四牡有驕⑯，朱幩鑣鑣⑰，
翟茀以朝⑱。大夫夙退⑲，
無使君勞⑳。

河水洋洋㉑，北流活活㉒。
施罛濊濊㉓，鱣鮪發發㉔。

葭菼揭揭[25]，庶姜孽孽[26]，
庶士有朅[27]。

①碩人：美人。　頎（ㄑㄧˊ）：身材高挑，苗條。

②衣：穿。　錦褧（ㄐㄩㄥˇ）衣：錦製的罩衣。一説錦褧衣是錦衣和罩衣。

③子：女兒。

④東宮：太子。

⑤姨：妻子的姐妹。

⑥私：姐妹的丈夫。

⑦柔荑：初生的茅芽，形容手的滑柔嫩白。

⑧凝脂：凝結的膏脂，形容皮膚白而細潤。

⑨領：脖頸。　蝤蠐（ㄑㄧㄡˊ　ㄑㄧˊ）：木中所生的長白蟲，比喻脖頸白而長。

⑩瓠犀（ㄏㄨˋ　ㄒㄧ）：葫蘆籽，形容牙齒潔白整齊。

⑪螓（ㄑㄧㄣˊ）：蟲名，似蟬而小，頂方廣而正。形容額頭方廣而正。　蛾：似蝶而小，前有觸角彎曲如眉，這裡形容眉細長而曲。

⑫倩：笑的樣子。

⑬盼：眼睛黑白分明的樣子。

⑭敖敖：高大的樣子。

⑮説（ㄕㄨㄛ）：休息。　農郊：近郊。

⑯四牡：駕車的四匹雄馬。　驕：健壯的樣子。

⑰朱幩（ㄈㄣˊ）：馬口銜鐵兩邊的朱帛裝飾。鑣鑣（ㄅㄧㄠ）：美盛的樣子。

⑱翟茀（ㄈㄨˊ）：用野雞毛裝飾的車子蔽蓋。　朝：朝見衛君。

⑲夙退：早退。

⑳無使君勞：不要讓國君過於勞累。

㉑洋洋：水流浩大的樣子。

㉒活活：水流的聲音。

㉓施：設。　罛（ㄍㄨ）：漁網。　濊濊（ㄏㄨㄛˋ　ㄏㄨㄛˋ）：漁網入水的聲音。

㉔鱣（ㄓㄢ）：鯉魚中的一種。　鮪（ㄨㄟˇ）：形似鱣魚色青黑。　發發：魚跳動的樣子。

㉕葭菼（ㄐㄧㄚ ㄊㄢˇ）：蘆荻。　揭揭：長長的樣子。

㉖庶姜：指陪嫁的眾女人。庶，眾、多。　孽孽（ㄋㄧㄝˋ）：大的樣子。

㉗庶士：指護送的眾小夥。　朅（ㄑㄧㄝˋ）：威武強壯的樣子。

詩意

那美人兒個兒高高，
身上披著錦製的罩袍。
她是齊侯的女兒，衛侯的妻子，
太子的妹妹，邢侯的小姨，
譚公是她的姐夫。

她的手指像柔嫩的白茅，
皮膚像光潤的脂膏。
脖子像木蠹兒白嫩細長，
牙齒像葫蘆籽雪白成行。
蟬額方正蛾眉彎彎，
輕巧的微笑露出酒窩，
美麗的眼睛像閃光秋波。

那美人兒個兒高高，
她的車兒停在近郊。
四匹公馬多麼雄壯，
馬轡頭紅綢飄飄，
她乘著雉毛裝飾的車兒去上朝。
大夫們早上退了朝，免得國君太操勞。

河水浩浩蕩蕩，嘩嘩地向北流淌。
漁網入水蘇蘇響，鱣魚鮪魚跳上網。
蘆荻根根長又長，美女個個都盛裝，
護送的小夥們真強壯。

氓

傳統上認為這是一首棄婦詩。但把它看作一出家庭悲劇似乎更近詩意。從詩中透露的資訊看，女子所在之地在城中，當為「國人」，氓卻是郊外的野人。兩人地位懸殊，女子因過不慣男家的窮日子，更受不了男子的粗暴，故棄而自去，悔及當初。

氓之蚩蚩①，抱布貿絲②。
匪來貿絲，來即我謀③。
送子涉淇，至於頓丘④。
匪我愆期⑤，子無良媒⑥。
將子無怒⑦，秋以為期⑧。

乘彼垝垣⑨，以望復關⑩。
不見復關，泣涕漣漣⑪。
既見復關，載笑載言⑫。
爾卜爾筮⑬，體無咎言⑭。
以爾車來，以我賄遷⑮。

桑之未落，其葉沃若⑯。
於嗟鳩兮⑰！無食桑葚⑱。
於嗟女兮！無與士耽⑲。
士之耽兮，猶可說也⑳。
女之耽兮，不可說也㉑。

桑之落矣，其黃而隕㉑。
自我徂爾㉒，三歲食貧㉓。

淇水湯湯[24]，漸車帷裳[25]。
女也不爽[26]，士貳其行[27]。
士也罔極[28]，二三其德[29]。

三歲為婦，靡室勞矣[30]。
夙興夜寐[31]，靡有朝矣[32]。
言既遂矣[33]，至於暴矣[34]。
兄弟不知，咥其笑矣[35]。
靜言思之，躬自悼矣[36]。

及爾偕老[37]，老使我怨[38]。
淇則有岸，隰則有泮[39]。
總角之宴[40]，言笑晏晏[41]。
信誓旦旦[42]，不思其反。
反是不思[43]，亦已焉哉[44]！

注釋

①氓（ㄇㄤˊ）：詩中的男主人翁。　蚩蚩（ㄔ）：嗤嗤，嬉笑的樣子。
②貿：交易。
③即：就，這裡有找的意思。　謀：商量婚事。
④頓丘：地名。
⑤愆（ㄑㄧㄢ）期：拖延期限。
⑥良媒：好媒人。
⑦將（ㄐㄧㄤ）：請、願。
⑧期：婚期。
⑨乘：登。　垝（ㄍㄨㄟˇ）垣：高牆。
⑩復關：在往來要道設的關卡。復，返。關，關卡、城關。
⑪泣涕：因悲傷而落淚。　漣漣：淚流不斷的樣子。
⑫載：又。
⑬爾：乃。　卜：用龜甲占卜。　筮（ㄕˋ）：用蓍草算卦。
⑭體：卜筮的結果。一說幸。
⑮賄：財物。

⑯沃若：沃然，桑葉嫩潤茂盛的樣子。
⑰於嗟：悲嘆聲。
⑱桑葚：桑樹的果實。
⑲耽：沉於歡樂。
⑳說：通「脫」，解脫。
㉑其黃而隕：葉黃而落下。隕，落。
㉒徂爾：嫁給你。徂，往。爾，你。
㉓三歲：三年，泛指多年。　食貧：生活貧苦。
㉔湯湯（ㄕㄤ）：水勢浩大的樣子。
㉕漸：浸濕。　帷裳：車上的布幔。
㉖爽：差錯。
㉗貳：改變。
㉘罔極：反覆無常。
㉙二三其德：三心二意。
㉚靡室勞矣：不以室內之勞為勞。
㉛夙興夜寐：早起晚睡。
㉜靡有朝矣：沒有一日不如此。
㉝言既遂矣：計謀既成。言，謀。遂，成。
㉞暴：暴虐。
㉟咥（ㄒㄧˋ）其：咥然，恥笑的樣子。
㊱躬自：自身，自己。　悼：悲傷。
㊲及爾偕老：和你一起老死。
㊳老使我怨：這樣只能使我怨恨。老，指上面的「偕老」之事。
㊴隰（ㄒㄧˊ）：水名。　泮（ㄆㄢˋ）：通「畔」，邊。
㊵總角：男女未成年時頭上結的髮角。　宴：歡樂。
㊶晏晏：溫柔的樣子。
㊷信誓：誠信的盟誓。旦旦：誠懇的樣子。
㊸反是不思：違背誓言不加考慮。是，誓言。
㊹亦已焉哉：就算了吧。

土包子傻裡傻氣，抱著布來換細絲。
並不是真來換絲，是與我來談婚事。
我送你渡過淇水，到頓丘方才停止。

不是我拖延婚期，是你無大媒送禮。
希望你不要生氣，咱們就約在秋季。

登上那高大城牆，盼望你再進郊關。
不見你再進郊關，忍不住淚水汪汪。
看見你進入郊關，我才又喜笑又言談。
於是就占卜問卦，幸好那卦兆吉祥。
將你的車子趕來，載我的財物前往。

桑葉還沒有凋零，葉子是那樣肥潤。
哎喲斑鳩呀，不要貪吃桑葚。
哎喲姑娘呀，不要與男子癡情。
男子癡情呀，還可以解脫。
姑娘癡情呀，可沒法解脫呀！

桑樹凋謝了，葉子變得枯黃。
自從嫁到你家，窮光景過了幾年。
淇水嘩嘩地流淌，濺濕了車的帷裳。
姑娘的心並沒有變，可男子變了心腸。
男子呀真難捉摸，經常是反覆無常。

做了幾年媳婦，家務工作全要我勞。
趕早摸黑地工作，沒有一天不受煎熬。
你的目的已經達到，態度竟變得粗暴。
兄弟們不知我心，反而一旁譏笑。
靜靜地想一想，只有自己傷悼。

本想與你偕老，這樣只能使我生怨。
淇水還有涯岸，澤地也有邊畔。
在留著髮辮的當年，我們曾言笑結歡。

曾賭咒發過盟誓，絕對沒有想到會變。
誓言既已被拋，無奈何也只好罷了。

竹竿

這首詩是寫隔水相思的戀情，與《漢廣》、《蒹葭》等詩意相近。其中「巧笑之瑳，佩玉之儺」是男子隔水看到的情景，他可以看到女子的笑貌風神，卻隔水不能與她相會，所以才說「豈不爾思，遠莫致之」。

籊籊竹竿①，以釣於淇。
豈不爾思②？遠莫致之③。

泉源在左④，淇水在右。
女子有行⑤，遠兄弟父母。

淇水在右，泉源在左。
巧笑之瑳⑥，佩玉之儺⑦。

淇水滺滺⑧，檜楫松舟⑨。
駕言出遊⑩，以寫我憂⑪。

①籊籊（ㄊㄧˋ）：細長的樣子。
②爾思：思爾。思念你。
③致：到達。
④泉源：水名。
⑤行：道，為婦之道，出嫁。

⑥瑳（ㄘㄨㄛ）：露著牙齒笑的樣子。
⑦儺（ㄋㄨㄛˊ）：婀娜。
⑧滺（ㄧㄡ）：悠悠，水流動的樣子。
⑨檜楫：檜木做的槳。楫，槳。
⑩駕：本意是駕車，這裡是操舟。
⑪寫：消除。

竹竿啊，長又長，釣魚在那淇水上。
我怎能不把你想？路遠不能回故鄉。

左邊啊，有泉源，右邊啊，淇水流。
姑娘出嫁了，遠離父母兄弟啦。

右邊啊，淇水流，左邊啊，有泉源。
笑著現出小酒窩，佩著玉兒真婀娜。

淇水啊，悠悠地流，檜木槳兒松木舟。
駕著舟兒去出遊，但願能消心中愁。

河　廣

此詩本義是說衛宋兩國之近，交通之便。至於是在什麼樣的背景下產生的說法，則頗耐人尋味：或是衛人嫁宋者望情人來探望，或是自己鍾情的女子遠嫁宋國，凡此種種，不得而知。

誰謂河廣？一葦杭之[1]。

誰謂宋遠？跂予望之②。

誰謂河廣？曾不容刀③。
誰謂宋遠？曾不崇朝④。

①一葦：一枝蘆葦，形容船小。　杭：通「航」。
②跂（ㄑㄧˊ）：踮起腳尖。　予：而。
③刀：通「舠」（ㄉㄠ）」，小船。
④崇朝：終朝，一個早晨。

誰說黃河寬又廣？蘆葦編筏可以航行。
誰說宋國遙又遠？踮起腳尖就望得見。

誰說黃河寬又廣？容不下一隻小小船。
誰說宋國遙又遠？用不了一早就到那邊。

伯兮

這是一篇婦人懷念征夫的詩。憶之真，望之切，思之深，開後世思婦詩之先河。

伯兮朅兮①，邦之桀兮②。
伯也執殳③，為王前驅④。

自伯之東⑤，首如飛蓬⑥。

豈無膏沐[7]，誰適為容[8]！

其雨其雨，杲杲出日[9]。
願言思伯[10]，甘心首疾[11]。

焉得諼草[12]？言樹之背[13]。
願言思伯，使我心痗⑭。

①伯：女子對丈夫親昵的稱呼，像今天叫哥哥。　朅（ㄑㄧㄝˋ）：勇武的樣子。
②邦：國家。　桀：通（傑），特殊的人才。
③殳（ㄕㄨ）：兵器名。古代一種用竹、木做成的兵器，長一丈二尺，有稜無刃。
④王：諸侯。　前驅：先鋒。
⑤之：往、去。
⑥蓬：蓬草。
⑦膏沐：潤髮的脂膏。
⑧適：悅。　容：打扮。
⑨杲杲（ㄍㄠˇ）：日光高照的樣子。
⑩願言：思念的樣子。
⑪甘心：甘願。　首疾：頭痛。
⑫焉：何，什麼地方。　諼（ㄒㄩㄢ）草：萱草，忘憂草。
⑬言：乃。　樹：種植。　背：北、北堂。
⑭心痗（ㄇㄟˋ）：心病。內心痛苦。

哥哥啊，真勇武，在咱國家數英雄。
哥哥手中拿殳杖，為王打仗做先鋒。

自從哥哥東征去，我的頭髮亂蓬蓬。
不是因為膏脂缺，打扮漂亮為了誰？

下雨吧，下雨吧，偏偏又出紅太陽。
一心只把哥哥想，想得頭痛也無妨。

哪兒能找忘憂草？北堂下面去栽好。
一心只把哥哥想，想得心痛又何妨？

有　狐

這首詩寫一個姑娘愛上一個小夥子，當與小夥子在淇水遊樂時，她看到了小夥子破舊的衣著，她希望早點嫁給他，為他縫裳做衣。

有狐綏綏①，在彼淇梁②。
心之憂矣，之子無裳③。

有狐綏綏，在彼淇厲④。
心之憂矣，之子無帶⑤。

有狐綏綏，在彼淇側⑥。
心之憂矣，之子無服。

①狐：狐狸，這裡比喻男子。　綏綏（ㄙㄨㄟ）：毛色散舒的樣子。一說獨行求匹的樣子。
②淇梁：淇水的石堰。一說梁為石橋。
③之子：這個人。
④厲：即渡水時踩的礪石。一說通「瀨」，指水邊淺灘。
⑤帶：束衣的帶子。

⑥側：水邊。

小狐狸，毛兒光，徘徊淇水石堰上。
我的心兒憂傷啊，心上的人沒衣裳。

小狐狸，毛兒光，徘徊淇水礪石上。
我的心兒憂傷啊，心上的人沒衣帶。

小狐狸，毛兒光，徘徊淇水岸側旁。
我的心兒憂傷啊，心上的人沒衣服。

木 瓜

這是一首投果戀歌。聞一多說：「女之求士也，相投之以木瓜，示願以身相許之意，士亦嘉納其意，因報之以瓊瑤以定情也……」此說得之。

投我以木瓜①，報之以瓊琚②。
匪報也，永以為好也③。

投我以木桃，報之以瓊瑤④。
匪報也，永以為好也。

投我以木李，報之以瓊玖⑤。
匪報也，永以為好也。

①投：贈送、給予。

②瓊：美玉。　琚（ㄐㄩ）：佩玉名。

③好：結好。

④瓊瑤：美玉。

⑤玖（ㄐㄧㄡˇ）：佩玉名。石之次玉黑色者。

送給我一個木瓜，報答他一個瓊琚。
並不是為了報答，是為了永結同好。

送給我一個木桃，報答他一個瓊瑤。
並不是為了報答，是為了永結同好。

送給我一個木李，報答他一個瓊玖。
並不是為了報答，是為了永結同好。

王 風

黍 離

詩篇以淒婉哀傷的情調，描繪出一個長期流亡在外的人孤寂悲涼的心情。由寫景物，到寫神態，一步步地展示出抒情主人翁的悲苦情狀。

彼黍離離①，彼稷之苗。
行邁靡靡②，中心搖搖③。
知我者謂我心憂，
不知我者謂我何求。
悠悠蒼天④，此何人哉？

彼黍離離，彼稷之穗。
行邁靡靡，中心如醉⑤。
知我者謂我心憂，
不知我者謂我何求。
悠悠蒼天，此何人哉？

彼黍離離，彼稷之實。
行邁靡靡，中心如噎⑥。
知我者謂我心憂，
不知我者謂我何求。
悠悠蒼天，此何人哉？

①離離：形容莖葉披散的樣子。一說有行列的樣子。

②行邁：行行，邁有遠行的意思。　靡靡：遲遲，步行緩慢的樣子。

③中心：心中。　搖搖：憂傷無所訴說的樣子。

④悠悠：茫茫。

⑤如醉：內心因憂傷而錯亂。

⑥如噎（ㄧㄝ）：內心因憂傷而氣逆。

那黍子莖葉披散，那高粱也長出新苗。
腳步慢慢騰騰無去向，
心中憂憂傷傷沒依歸。
理解我的人說我憂愁，
不理解我的人當我有什麼尋求。
茫茫無際的蒼天啊，誰把我弄成這個樣子？

那黍子莖葉披散，那高粱也長成新穗。
腳步慢慢騰騰無去向，
心中昏昏亂亂沒依歸。
理解我的人說我憂愁，
不理解我的人當我有什麼尋求。
茫茫無際的蒼天啊，誰把我弄成這個樣子？

那黍子莖葉披散，那高粱結了籽兒。
腳步慢慢騰騰無去向，
心中哽哽咽咽無依歸。
理解我的人說我憂愁，
不理解我的人當我有什麼尋求。
茫茫無際的蒼天啊，誰把我弄成這個樣子？

君子於役

這是一首閨怨詩。語言淺顯，情思纏綿。從嘮嘮叨叨的村婦話語中，流露出思婦的哀傷。

君子於役①，不知其期②。
曷至哉③？雞棲於塒④，
日之夕矣，羊牛下來。
君子于役，如之何勿思⑤？

君子於役，不日不月⑥。
曷其有佸⑦？雞棲於桀⑧，
日之夕矣，羊牛下括⑨。
君子於役，苟無饑渴⑩。

①君子：妻子對丈夫的敬稱。　於役：去服役。
②期：期限、歸期。
③曷（ㄏㄜˊ）至：飄自何處。一說何時回來。
④塒（ㄕˊ）：鑿牆而成的雞窩。
⑤如之：像這樣。
⑥不日不月：時間不以日月計算，極言外出的長久。
⑦佸（ㄏㄨㄛˊ）：相會、團聚。
⑧桀：把多枝的樹幹立在地上供雞棲息的地方。
⑨括：至。
⑩苟：且、或，帶有希望的意思。

當家的出去服役，全然不知道歸期。

究竟到了何處？群雞已經歸窩，
太陽已經落山，牛羊下了山坡。
當家的出去服役，叫人怎能不思念？

當家的出去服役，日月也無法算計。
何時才能相會？群雞已經上架，
太陽已經落山，牛羊已經回家。
當家的出去服役，但願不要受饑渴。

中谷有蓷

這是一首悲憫棄婦的詩。詩人看到一位流離失所女性的不幸，動了惻隱之心，又苦於無能為力，於是始則「歌」，繼而「獼」，終而「泣」。

中谷有蓷①，暵其乾矣②！
有女仳離③，嘅其嘆矣④！
嘅其嘆矣，遇人之艱難矣⑤！

中谷有蓷，暵其脩矣⑥！
有女仳離，条其嘯矣⑦！
條其獼矣，遇人之不淑矣⑧！

中谷有蓷，暵其濕矣⑨！
有女仳離，啜其泣矣⑩！
啜其泣矣，何嗟及矣⑪！

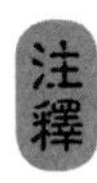

①中谷：山谷之中。　蓷（ㄊㄨㄟ）：益母草。
②暵（ㄏㄢˋ）其：乾燥枯萎的樣子。
③仳（ㄆㄧˇ）離：離異。
④嘅（ㄎㄞˇ）：嘆息的樣子。
⑤人：所嫁之人，即丈夫。
⑥脩（ㄒㄧㄡ）：本義是乾脯，這裡用來形容乾枯的樣子。
⑦条：聲長的樣子。　嘯（ㄒㄧㄠˋ）：吹氣出聲，這是古人發洩情感的一種方式。
⑧不淑：不幸。
⑨濕：乾了又濕。
⑩啜（ㄔㄨㄛˋ）：哭泣的樣子。
⑪何嗟及矣：嗟何及矣，後悔也來不及了。

山谷裡的益母草，根根葉葉都枯槁！
有個女子被拋棄，悲傷地嘆息了！
悲傷地嘆息了，
嫁了個負心漢，處境真不好！

山谷裡的益母草，根根葉葉都乾燥！
有個女子被拋棄，哀苦地呼號了！
哀苦地呼號了，
嫁了壞男子，身世真不幸！

山谷裡的益母草，根根葉葉似火烤！
有個女子被拋棄，淒切地哭泣了！
淒切地哭泣了，
不論多後悔，也來不及了！

兔爰

這是一篇感時傷亂之作。他懷念過去，試圖忘情世事，以自欺的方式來解除苦悶。詩中三章反覆道其哀傷，儼然淒切的亡國之音。

有兔爰爰①，雉離於羅②。
我生之初，尚無為③。
我生之後，逢此百罹④。
尚寐無吪⑤！

有兔爰爰，雉離於罦⑥。
我生之初，尚無造⑦。
我生之後，逢此百憂。
尚寐無覺！

有兔爰爰，雉離於罿⑧。
我生之初，尚無庸⑨。
我生之後，逢此百凶。
尚寐無聰⑩！

①爰爰（ㄩㄢˊ）：舒緩的樣子。
②雉：野雞。　離：遭遇。
③無為：天下無事。
④百罹：多種憂患。罹，憂傷、憂慮。
⑤寐：睡 吪（ㄜˊ）：動。
⑥罦（ㄈㄨˊ）：捕鳥的網車。
⑦無造：同無為。造，為。
⑧罿（ㄊㄨㄥˊ）：捕鳥的網。

⑨庸：用，一說勞。

⑩無聽：不聞。

兔子悠閒地走著，野雞落進了網羅。
在我出生之前，世道尚還平和。
當我出生之後，卻逢百般災禍。
但願長睡不再活動。

兔子悠閒地走著，野雞落進了網車。
在我出生之前，世道尚還安定。
當我出生之後，卻遭百般憂患。
但願長睡不再醒來。

兔子悠閒地走著，野雞落進了網圈。
在我出生之前，世道尚還安閒。
當我出生之後，卻碰百般災凶。
但願長睡不再聽見。

葛　藟

這是一曲入贅者的悲歌，詩中反映出入贅者認他人作父母仍得不到憐愛的悲苦。

綿綿葛藟①，在河之滸②。
終遠兄弟③，謂他人父。

謂他人父，亦莫我顧[4]。

綿綿葛藟，在河之涘[5]。
終遠兄弟，謂他人母。
謂他人母，亦莫我有[6]。

綿綿葛藟，在河之漘[7]。
終遠兄弟，謂他人昆[8]。
謂他人昆，亦莫我聞[9]。

①綿綿：延綿不斷的樣子。　葛藟（ㄌㄟˇ）：千歲藤。
②滸：岸邊。
③終：既。　遠：遠離。
④顧：顧念。
⑤涘（ㄙˋ）：水邊。
⑥有：友，相親相愛。
⑦漘（ㄔㄨㄣˊ）：河岸。
⑧昆：兄長。
⑨聞：問，過問。

千歲藤長綿綿，蔓延在河岸邊。
遠別我的兄弟，稱呼別人爸爸。
稱呼別人爸爸，也不照顧我。

千歲藤長綿綿，蔓延在河旁邊。
遠離我的兄弟，稱呼別人媽媽。
稱呼別人媽媽，也不願愛我。

千歲藤長綿綿，蔓延在河水邊。

遠離我的兄弟，稱呼別人哥哥。
稱呼別人哥哥，也不過問我。

采葛

從此詩所詠之物，所言之情可以看到，這是一篇懷人之作。而這種如火如荼的感情，當迸發於熱戀的情人間。因而此詩是寫熱戀中的相思。

彼采葛兮①，一日不見，
如三月兮！

彼采蕭兮②，一日不見，
如三秋兮③！

彼采艾兮④，一日不見，
如三歲兮⑤！

①葛：一種蔓草，皮可織布。
②蕭：香蒿。
③三秋：一個秋季三個月，三秋九個月。
④艾：多年生草本植物，形如蒿，燒艾葉可以灸病。
⑤三歲：三年。

那採葛的人兒喲，
一天不見她呀，就像隔了三月啦！

那採蒿的人兒喲，
一天不見她呀，就像隔了三秋啦！

那採艾的人兒喲，
一天不見她呀，就像隔了三年啦！

大　車

此詩是一個女子堅貞的愛情誓言。她鍾情於這位乘大車的貴族，熱烈地愛著他，但又怕他沒有勇氣衝破阻撓。因此她發誓，生不能同室，死也要同穴。

大車檻檻①，毳衣如菼②。
豈不爾思③？畏子不敢。

大車啍啍④，毳衣如璊⑤。
豈不爾思？畏子不奔。

穀則異室⑥，死則同穴。
謂予不信⑦，有如皦日⑧。

①大車：貴族乘坐的車。一說牛車。　檻檻（ㄎㄢˇ）：車行進時的聲音。
② 毳（ㄘㄨㄟˋ）衣：大夫之服。毳，獸的細毛。一說毳衣是車上蔽風雨的帷帳，用毛製成。　菼（ㄊㄢˇ）：初生的蘆葦，這裡指青綠的顏色。
③爾思：思爾，思念你。

④啍啍（ㄊㄨㄣ）：車行進聲；遲重緩慢的樣子。
⑤璊（ㄇㄣˊ）：玉赤色，這裡指赤紅的顏色。
⑥穀（ㄍㄨˇ）：生長，活著。
⑦謂予不信：如果我的話無憑信。亨
⑧如：此。　皦（ㄐㄧㄠˇ）日：白日。

大車行進聲隆隆，細毛車帳青綠色。
難道我不把你想？怕你做事不大膽。

大車行進聲隆隆，細毛車帳顏色紅。
難道我不把你想？怕你不和我私奔。

活著不能住一起，死後也要去合葬。
你要說我是撒謊，太陽做證在天上。

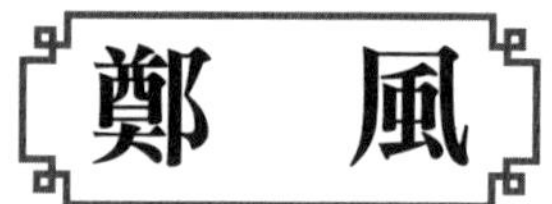

鄭風

將仲子

這是一首姑娘的懊惱歌。詩中表現她在家庭和社會的壓力下，一方面要戀愛，一方面又懼怕輿論的矛盾心理。有柔情、有苦惱、有畏懼，一副弱女子的情腸！

將仲子兮①！無逾我裡②，
無折我樹杞③！豈敢愛之④？
畏我父母。仲可懷也⑤，
父母之言，亦可畏也！

將仲子兮！無逾我牆⑥，
無折我樹桑⑦！豈敢愛之？
畏我諸兄。仲可懷也，
諸兄之言，亦可畏也！

將仲子兮！無逾我園，
無折我樹檀⑧！豈敢愛之？
畏人之多言。仲可懷也，
人之多言，亦可畏也！

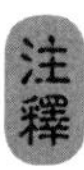

①將：請。　仲子：指女子的情人。仲，排行第二的。
②逾：越過。　裡：裡牆。

③樹杞（ㄐㄧˇ）：杞樹。
④愛：愛惜。
⑤懷：思念。
⑥牆：外牆。
⑦樹桑：桑樹。
⑧樹檀（ㄊㄢˊ）：檀樹。

求求你，情哥哥，不要翻過我家的門樓，
不要把杞樹來壓傷。
並不是因為愛惜它，只怕爹媽說閒話。
情哥哥我自然牽掛，
爹媽的閒話，也叫我害怕！

求求你，情哥哥，不要翻過我家的牆，
不要把桑樹來壓傷。
並不是因為愛惜它，只怕哥哥說閒話。
情哥哥我自然牽掛，
哥哥的閒話，也叫我害怕！

求求你，情哥哥，不要翻過我園的牆，
不要把檀樹來壓傷。
並不是因為愛惜它，只怕別人多閒話。
情哥哥我自然牽掛，
別人的閒話，也叫我害怕！

叔於田

這是一首讚美少年獵手的歌。不是從技藝上去實寫，而是以他走後造成的空虛心境，去追想他平素的舉止。反覆讚嘆他的「美」，正道出姑娘的無限愛慕與思念之情。

叔於田①，巷無居人。
豈無居人？不如叔也，
洵美且仁②。

叔於狩③，巷無飲酒。
豈無飲酒？不如叔也，
洵美且好④。

叔適野⑤，巷無服馬⑥。
豈無服馬？不如叔也，
洵美且武⑦。

①於田：去打獵。於，往。田，打獵。
②洵：信，確實。　仁：仁善。
③狩：打獵。冬天打獵叫做狩。
④好：品質好，性格和善。
⑤適：往。
⑥服馬：乘馬。
⑦武：英勇。

阿叔去郊獵，里巷空空不見人。
難道真的沒有人？阿叔沒人比得上，
確實英俊又仁善。

阿叔去冬獵，里巷沒人來喝酒。
難道真沒有喝酒？阿叔沒人比得上，
確實英俊又善良。

阿叔去郊獵，里巷沒有來駕馬。
難道沒人來駕馬？阿叔沒人比得上，
確實英俊又威武。

遵大路

這是一首夫婦送別詩。寥寥數語，既寫出送別的地點和即將離別時攙手送行的情景，又寫出了妻子對丈夫的擔心與叮嚀！

遵大路兮①，摻執子之祛兮②！
無我惡兮③！不寁故也④！

遵大路兮，摻執子之手兮！
無我魗兮⑤！不寁好也！

①遵：循，沿著。
②摻（ㄕㄢˇ）執：牽拉。　袪（ㄑㄩ）：袖子。
③惡：醜惡，一說討厭。
④寁（ㄗㄢˇ）：急速斷絕。　故：故情、舊情。
⑤魗（ㄔㄡˇ）：醜

沿著大路走啊，拉著你的袖啊！
不要厭惡我啊！舊情不能這樣快地斷啊！

沿著大路走啊，拉著你的手啊！
不要嫌我醜啊！恩情不能這樣快地斷啊！

女曰雞鳴

這是一首幽會戀歌。第一章驚懼，第二章甜蜜，第三章熱鬧。情勢變化，不著痕跡，確是一篇好詩。

女曰：「雞鳴。」士曰：「昧旦①。」
「子興視夜②，明星有爛③。」
「將翺將翔④，弋鳧與雁⑤。」

「弋言加之⑥，與之宜之⑦。
宜言飲酒，與子偕老。
琴瑟在御⑧，莫不靜好。」

「知子之來之[9]，雜佩以贈之[10]。
知子之順之[11]，雜佩以問之[12]。
知子之好之，雜佩以報之。」

①士：男子的通稱，詩中多指未婚男子。　昧旦：天沒有亮。
②興：起，起床。　視夜：察看夜色。
③明星：開啟明星。　有爛：明亮的樣子。
④將翱將翔：鳥飛的樣子。
⑤弋（ㄧˋ）：用帶線繩的箭射鳥。　鳧（ㄈㄨˊ）：野鴨。
⑥加之：射中它。
⑦宜：同「肴」，將野鴨和鴻雁做成佳餚。
⑧御：用，彈奏。
⑨來：和順，與下文的順、好同義。
⑩雜佩：彙集各種玉而成的佩飾。
⑪順：和順、柔順。
⑫問：慰問，贈送。

姑娘說：「雞已鳴。」小夥說：「天未明。」
「你且起來看看天，啟明星兒光閃閃。」
「野鴨大雁將飛翔，快拿箭來把弓張。」

「射著野鴨和大雁，和你一起做佳餚。
有了佳餚好下酒，祝福你我到白頭。
彈起琴來奏起瑟，多麼祥和又美好。」

「知你對我很多情，送你雜佩答你愛。
知你對我很柔順，送你雜佩表謝意。
知你對我很真心，送你雜佩結同心。」

有女同車

這是一篇迎親戀歌。男子與心愛的姑娘同車而行，他感到無比興奮，心中充滿了甜蜜感。這種感覺是他終生難忘的。

有女同車，顏如舜華[①]。
將翱將翔[②]，佩玉瓊琚[③]。
彼美孟姜[④]，洵美且都[⑤]。

有女同行，顏如舜英[⑥]。
將翱將翔，佩玉將將[⑦]。
彼美孟姜，德音不忘[⑧]。

①舜華：木槿花。華，通「花」。
②翱翔：這裡用來形容體態輕盈的樣子。
③瓊琚：珍美的佩玉。瓊，美玉。琚，佩玉的一種。
④孟姜：姜姓長女。這裡是美人的代稱。
⑤洵：確實。　都：安閒。
⑥英：花。
⑦將將：鏘鏘，佩玉相撞的聲音。
⑧德音：美好的名譽。

曾經有位姑娘與我同車，
她的容顏像木槿的花朵。
羅衣飄飄像鳥兒飛翔，
精美的瓊琚佩在腰間。

那美麗的好姑娘，
實在是漂亮安閒！

曾經有位姑娘與我同行，
她的容顏像木槿的花蕾。
羅衣飄飄像鳥兒飛翔，
精美的瓊琚叮叮作響。
那美麗的好姑娘，
她的好處不能忘！

山有扶蘇

這是一首戲謔的情歌。「狂且」、「狡童」是女子對情人的戲謔之稱。戲謔者含著深情，被戲謔者備覺幸福。

山有扶蘇①，隰有荷華②。
不見子都③，乃見狂且④。

山有橋松⑤，隰有游龍⑥。
不見子充，乃見狡童⑦。

①扶蘇：木名，即扶桑。
②荷華：荷花。
③子都：和下文的子充都是古代美男子名。
④狂且：狂行鈍拙的人，傻瓜。
⑤喬松：高大的松樹。橋，通「喬」，高大。

⑥游龍：草名，紅草。

⑦狡童：與狂且為一類，與子都、子充相對，是罵辭，相當於壞蛋。

山上有扶桑，水裡有荷花。
沒有找著美男，卻遇上你這傻瓜。

山上有喬松，水中有紅草。
沒有找著美男，卻碰上你這壞蛋。

蘀兮

這是一首擇偶情歌。每章前兩句寫落葉秋風，寫景；後兩句言情，言自己的請求。詩極短而感情極豐富，形式極靈動。

蘀兮蘀兮①，風其吹女②。
叔兮伯兮，倡，予和女③。

蘀兮蘀兮，風其漂女④。
叔兮伯兮，倡予要女⑤。

①蘀（ㄊㄨㄛˋ）：落葉。

②女：汝，指樹葉。

③倡：唱。　和：伴唱。　女：汝，指叔、伯。

④漂：飄，吹動。

⑤要：會合。

落葉呀落葉，秋風將你吹落。
阿哥呀阿弟，你唱我來和。

落葉呀落葉，秋風將你吹動。
阿哥呀阿弟，你唱我來拍。

狡　童

這是一首描寫情場風波的詩。小夥子生了氣，對姑娘不理不睬，害得姑娘食不甘味、寢不安席。

彼狡童兮[①]！不與我言兮！
維子之故[②]，使我不能餐兮！

彼狡童兮！不與我食兮！
維子之故，使我不能息兮[③]！

①狡童：相當於壞小子，傻小子，愛極之反語。
②子：你。
③息：寢息。

你這壞小子啊！不和我說話啊！

只是為了你呀，叫我吃飯都吃不下啊！

你這傻小子啊！不和我同餐啦！
只是為了你呀，叫我睡覺都不安啊！

褰　裳

這是一首非常活潑的情歌，姑娘主動戲謔小夥，大膽直率，富有情趣。

子惠思我①，褰裳涉溱②。
子不我思，豈無他人？
狂童之狂也且③！

子惠思我，褰裳涉洧④。
子不我思，豈無他士？
狂童之狂也且！

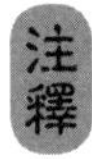

①子：女子稱他的情人。　惠：愛。
②褰（ㄑㄧㄢ）裳：提起衣裳。褰，用手提起。　溱（ㄓㄣ）：水名。
③之：其，那樣。　也且（ㄐㄩ）：語助詞。
④洧（ㄨㄟˇ）：水名。

你要是愛我，提起褲腿渡溱水。
你要不愛我，難道世上沒人嗎？

笨蛋怎麼這樣笨喲！

你要是愛我，提起褲管渡洧水。
你要不愛我，難道世上沒人啦？
傻瓜怎麼這樣傻喲！

豐

這是一首描寫婚姻變故中女子苦惱的詩。詩的大意是：男子迎親時，女方變了卦，遂使喜事成了鬧劇。女子悔恨自己未能與這個帥氣的小夥成婚，於是苦惱不已。

子之豐兮①，俟我乎巷兮②。
悔予不送兮③。

子之昌兮④，俟我乎堂兮。
悔予不將兮⑤。

衣錦褧衣⑥，裳錦褧裳。
叔兮伯兮，駕予與行⑦。

裳錦褧裳，衣錦褧衣。
叔兮伯兮，駕予與歸⑧。

①豐：豐滿美好的樣子。
②俟（ㄙˋ）：等候。

③予：我，這裡指我家。　送：送親。

④昌：健美的樣子。

⑤將：順從，隨行。

⑥衣：穿著。　錦褧（ㄐㄩㄥˇ）衣：錦製的罩衣。

⑦駕：駕車。

⑧歸：嫁過去。

你的面容真豐潤啊，在巷口等我去成婚，
我後悔我家人沒有去送親。

你的體魄真健美啊，在堂上等我去成親。
我後悔我當時沒有隨你行。

穿著錦製的罩衣，穿著錦製的罩裳。
阿哥呀，阿弟呀，駕起車接我趕路吧。

穿著錦製的罩裳，穿著錦製的罩衣，
阿哥呀，阿弟呀，駕起車接我回家吧。

東門之墠

這是一首男女對歌言情的詩篇。男子由茹藘起興，表達了對女子的羡慕之情。女子則以思家室作答，表示自己正期待著男子的愛情。

東門之墠①，茹藘在阪②。
其室則邇③，其人甚遠。

東門之栗[④]，有踐家室[⑤]。
豈不爾思？子不我即[⑥]。

①墠（ㄕㄢˋ）：郊外平坦的地方。
②茹藘（ㄌㄩˋ）：又名茜草。它的根色黃赤，可以作紅色染料。　阪：山坡。
③邇：近。
④栗：落葉喬木。
⑤踐：通「靖」，寧靜。
⑥即：就。

東門外的山野，茜草長在坡沿。
那屋子雖就在眼前，那人卻似很遠很遠。

東門外的栗樹，掩著寧靜的家舍。
難道我不想你，是你不來與我親近。

風　雨

　　這是一首描寫夫妻久別重逢的詩。此詩之妙，在於明言相見之樂，實言離別之苦，以樂襯苦，較之單言憂苦更深一層。

風雨淒淒[①]，雞鳴喈喈[②]。
既見君子，云胡不夷[③]？

風雨瀟瀟④，雞鳴膠膠⑤。
既見君子，云胡不瘳⑥？

風雨如晦⑦，雞鳴不已。
既見君子，云胡不喜？

①淒淒：風雨寒涼的樣子。
②喈喈（ㄐㄧㄝ）：群雞齊鳴的聲音。
③云胡：如何。　夷：平，指心安。
④瀟瀟：風雨交加的樣子。
⑤膠膠：群雞亂鳴的聲音。
⑥瘳（ㄔㄡ）：病癒。
⑦晦：昏暗。

風淒淒，雨淒淒，雄雞喔喔啼。
盼得見到那人兒，還有什麼不放心。

風瀟瀟，雨瀟瀟，雄雞喔喔叫。
盼得見到那人兒，還有什麼病不好？

風雨多昏暗，雞聲叫不斷。
盼得見到那人兒，還有什麼不喜歡？

子　衿

這首詩寫姑娘相思之情。前兩章從虛空中蕩漾成章，末章方寫實景。

先責其不寄信，再責其人不來，綿綿相思，不絕如縷。

青青子衿[①]，悠悠我心[②]。
縱我不往，子寧不嗣音[③]？

青青子佩[④]，悠悠我思。
縱我不往，子寧不來？

挑兮達兮[⑤]，在城闕兮[⑥]。
一日不見，如三月兮！

①子衿：你的佩帶。衿（ㄐㄧㄣ），一說指衣領。
②悠：憂思綿長的樣子。
③嗣（ㄙˋ）音：寄信。嗣，通「詒」，贈送。
④佩：佩玉。
⑤挑、達（ㄊㄚˋ）：來回走動的樣子。
⑥城闕：城門兩邊的觀樓。

青青的是你那佩帶，常常縈繞在我心裡。
縱然我沒有去找你，你怎麼能不來個信？

青青的是你那佩玉，常常縈繞在我心中。
縱然我沒有去找你，你怎麼能夠不過來？

走來走去無數趟，我在城門的望樓上。
一天沒有見到你，就像隔了三個月那麼長。

揚之水

這是一首防間歌。每章都是前兩句起興，中兩句言你我之親，末兩句防人離間，作勸解語，如家常話，口吻親近。

揚之水，不流束楚①。
終鮮兄弟，維予與女。
無信人之言，人實迋女②。

揚之水，不流束薪③。
終鮮兄弟，維予二人。
無信人之言，人實不信。

①楚：荊條。
②迋（ㄨㄤˋ）：通「誑」，欺騙。
③薪：柴。

清清的水呀慢慢流，一捆荊條漂不走。
沒有哥哥沒有弟，只有我和你在一起，
不要輕信別人的話，他們都在騙你哪！

清清的水呀慢慢流，一捆柴草漂不走。
沒有哥哥沒有弟，只有我們倆人在一起。
不要輕信別人的話，他們都不能相信啊！

出其東門

這是一首忠貞的戀歌。詩中描繪了春天東門外男女盛會的情景。詩中的男主人翁唱出了對情人的忠貞，蕩漾著崇高的生活理想和愛情道德。

出其東門，有女如雲①。
雖則如雲，匪我思存②。
縞衣綦巾③，聊樂我員④。

出其闉闍⑤，有女如荼⑥。
雖則如荼，匪我思且⑦。
縞衣茹藘⑧，聊可與娛。

①如雲：形容遊女眾多。
②思存：思之所在。存，在。
③縞（ㄍㄠˇ）：白紗衣。　綦（ㄑㄧˊ）巾：青綠色的佩巾。
④聊：且。　員（ㄩㄣˊ）：語助詞。
⑤闉闍（ㄧㄣ ㄉㄨ）：城外曲城的重門。
⑥如荼：形容遊女眾多。
⑦思且：思之所往。且，猶「存」。
⑧茹藘（ㄌㄩˋ）：茜草，這裡指茜草染紅的佩巾。

走出那城東門，姑娘們像彩雲。
雖然像彩雲，不能亂我神。
白衣青巾女，才合我的心。

走出那城重門，姑娘們如白荼。
雖然如白荼，不能亂我心。
白衣紅巾女，才可與娛樂。

野有蔓草

這是一首春日與情人邂逅相遇的情歌。每章都是先寫眼前景，再寫意中人，後寫心中情。喜出望外，自有無限情思在。

野有蔓草①，零露漙兮②。
有美一人，清揚婉兮③。
邂逅相遇④，適我願兮⑤。

野有蔓草，零露瀼瀼⑥。
有美一人，婉如清揚⑦。
邂逅相遇，與子偕臧⑧。

①蔓草：蔓延的草。
②零：落。　漙（ㄊㄨㄢˊ）：露水盛多的樣子。
③清揚：眉目清秀的樣子。　婉：美好的樣子。
④邂逅：不期而遇。
⑤適：合。
⑥瀼瀼（ㄖㄤˊ）：露水盛多的樣子。
⑦婉如：婉然，美好的樣子。
⑧偕臧：一起藏起來。

野外草兒在蔓延，草上露珠團團圓。
有個美麗的人兒，眉清目秀真漂亮。
碰巧兒遇上了她，可真合我的心願。

野外草兒在蔓延，草上露珠滾滾圓。
有個美麗的人兒，清眉秀目好容顏。
碰巧兒遇上了她，我和她一起躲藏。

溱　洧

這是一篇水畔的青春之歌，也是記載上古時代春日男女水邊盛會盛況最為完備的詩。情節千迴百轉，妙趣橫生。

溱與洧①，方渙渙兮②，
士與女，方秉蕑兮③。
女曰「觀乎④？」士曰「既且⑤。」
「且往觀乎⑥！洧之外，洵訏且樂⑦。」
維士與女，伊其相謔⑧，
贈之以勺藥⑨。

溱與洧，瀏其清矣⑩。
士與女，殷其盈矣⑪。
女曰「觀乎？」士曰「既且。」
「且往觀乎！洧之外，洵訏且樂。」

維士與女，伊其將謔[12]，
贈之以芍藥。

①溱（ㄓㄣ）洧（ㄨㄟˇ）：鄭國二水名。

②方：正，一說並。　渙渙：水流瀰漫的樣子。

③蕑（ㄐㄧㄢ）：香草名。

④觀乎：看看吧。

⑤既且：去過啦。既，已經。且，通「徂」，往。

⑥且：姑且。

⑦洵（ㄒㄩㄣˊ）訏（ㄒㄩ）且樂：實在廣大而且熱鬧。洵，實在。籲，大。樂，快樂，熱鬧。

⑧伊：語助詞。　相謔：互相調笑。

⑨芍（ㄕㄠˊ）藥：香草名。男女以芍藥相贈是結恩情的表示。

⑩瀏（ㄌㄧㄡˊ）：水清亮的樣子。

⑪殷：眾多。

⑫將：相。

溱水與洧水，正渙渙洋洋地流啊。
小夥兒與姑娘，正拿著香草遊啊。
姑娘說：「那邊看看吧。」
小夥兒說：「已經看過啦。」
「再去看看吧！洧水岸邊的平地，
實在是寬廣又熱鬧。」
小夥兒與姑娘，說說又笑笑。
贈送芍藥相結好。

溱水與洧水，清清亮亮地流啊。
小夥兒與姑娘，熙熙攘攘地遊啊。
姑娘說：「那邊看看吧。」

小夥兒說：「已經去過了。」
「再去看看吧！洧水岸邊的平地，
實在是寬廣又熱鬧。」
小夥兒與姑娘，打打又鬧鬧，
贈送芍藥相結好。

齊風

雞鳴

這是一首男女幽會的情歌。內容上寫他們幽會時女子驚懼、男子戀床的情景。藝術上一驚一答，詼諧幽默，非常富有生活氣息。

「雞既鳴矣①，朝既盈矣②。」
「匪雞則鳴③，蒼蠅之聲。」

「東方明矣，朝既昌矣④。」
「匪東方則明，月出之光。」

「蟲飛薨薨⑤，甘與子同夢⑥，
會且歸矣⑦，無庶予子憎⑧！」

①既：已經。
②朝：早晨。　盈：到了。
③則：之。
④昌：始。
⑤薨薨（ㄏㄨㄥ）：蚊蟲飛鳴的聲音。
⑥同夢：同入夢鄉。
⑦會：幽會。一說朝會。　且：當。
⑧無庶：無使。　予子：我們。予，我。子，你。此句意為不要讓人討厭我們。

「雞已經叫了，早晨已經到了。」
「不是鳴叫，是蒼蠅在鬧。」

「東方已發亮了，一天已經開始了。」
「不是東方發亮，那是月亮發光。」

「蚊蟲飛鳴聲，甘願與你入夢。
還是暫且先回去，別讓人臭罵我和你。」

東方未明

這首詩諷刺號令不時，是為朝廷服役的官吏的怨苦之作。

東方未明，顛倒衣裳。
顛之倒之，自公召之①。

東方未晞②，顛倒裳衣。
倒之顛之，自公令之③。

折柳樊圃④，狂夫瞿瞿⑤。
不能辰夜⑥，不夙則莫⑦。

①公：公室，指國君。　召：通「詔」。
②晞（ㄒㄧ）：太陽的光氣。

③令：下令。

④折柳樊圃：折柳枝做園圃的籬笆。樊，藩，籬笆。

⑤狂夫：又兇又狠的監工。　瞿瞿（ㄐㄩˋ）：瞪眼怒視的樣子。

⑥辰夜：守伺夜裡的時間。辰，守候。

⑦不夙則莫：不是早就是晚。莫同暮。

東方還未亮，胡亂著衣袍。
顛裳又倒衣，公人來喊叫。

東方還未亮，胡亂穿衣袍。
倒衣又顛裳，公人來叫嚷。

折柳枝，圍菜園，瘋漢瞪眼大叫喊：
「不能留心掌時辰，不是早來就是晚。」

南　山

這是一首諷刺詩，諷刺的對象是文姜和桓公。關於齊襄與其妹文姜私通之事，見之於《左傳》和《史記》。

南山崔崔①，雄狐綏綏②。
魯道有蕩③，齊子由歸④。
既曰歸止，曷又懷止⑤？

葛屨五兩⑥，冠緌雙止⑦。
魯道有蕩，齊子庸止⑧。

既曰庸止，曷又從止⑨？

藝麻如之何⑩？衡從其畝⑪。
取妻如之何？必告父母。
既曰告止，曷又鞠止⑫？

析薪如之何⑬？匪斧不克⑭。
取妻如之何？匪媒不得。
既曰得止，曷又極止⑮？

注釋

①南山：齊國山名。　崔崔：高峻的樣子。
②綏綏（ㄙㄨㄟ）：毛色舒展，求偶之貌。
③魯道：通往魯國的大道。　有蕩：蕩蕩，平坦的樣子。
④齊子：齊侯之子，指魯桓公的夫人文姜。　由歸：由此出嫁。
⑤曷（ㄏㄜˊ）：何。　懷：回，回來。
⑥葛屨：葛麻編織成的鞋。　五：通「伍」，並列。　兩：通「緉」（ㄌㄧㄤˇ），鞋一雙。
⑦冠緌（ㄖㄨㄟˊ）：帽子上的纓帶。
⑧庸：由、從，指由此出嫁於魯。
⑨從：跟從。
⑩藝：種植。
⑪衡從：即縱橫。這裡指耕治田地。
⑫鞠（ㄐㄩˊ）：窮，窮其私欲而放任。
⑬析薪：劈柴。
⑭克：能。
⑮極：窮極、放任。

詩意

南山巍巍高又峻，雄狐毛色正舒展。
齊魯大道平坦坦，文姜由此去嫁人。
既然她已嫁別人，為啥讓她回來呀。

葛做的鞋排成行，帽帶一對垂耳旁。
齊魯大道平坦坦，文姜由此去嫁郎。
既然她已嫁他人，為啥讓她跟來呀？

怎樣種植那大麻？修壟挖土把地耙。
怎樣去娶妻子呀？定要告訴爹和媽。
既然已告爹和媽，為啥讓她放蕩呀？

怎樣劈開那些柴？不用斧頭劈不開。
怎樣娶個妻子呀？沒有媒人不行哪。
既然成為你的妻，為啥讓她放蕩呀？

盧　令

這是一首讚美青年獵人的詩。女主人翁順著鈴聲的方向看去，發現了一位英俊的男子。過後她一直在回想與男子相遇的情形，充滿了愛慕之情。

盧令令[①]，其人美且仁[②]。

盧重環[③]，其人美且鬈[④]。

盧重鋂[⑤]，其人美且偲[⑥]。

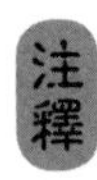

①盧：黑毛獵犬。　令令：狗頷下環的響聲。
②仁：仁善可愛。
③重環：又叫子母環。大環上套小環。
④鬈（ㄑㄩㄢˊ）：形容頭髮柔長捲曲的樣子。
⑤重鋂（ㄇㄟˊ）：一大環串兩個小環。
⑥偲（ㄙ）：多鬚的樣子。

獵狗項環噹啷啷，那人標緻又善良。

獵狗項套子母環，那人標致鬚髮捲。

獵狗項上套雙環，那人鬍腮連鬢多威嚴。

猗　嗟

這是一篇描寫美男子的詩作。通篇連用了十七個「兮」字，表現了這個美男子的光彩和風神。

猗嗟昌兮①，頎而長兮②。
抑若揚兮③，美目揚兮④。
巧趨蹌兮⑤，射則臧兮⑥。

猗嗟名兮⑦，美目清兮⑧。
儀既成兮⑨，終日射侯⑩。

不出正兮[11]，展我甥兮[12]。

猗嗟孌兮[13]，清揚婉兮[14]。
舞則選兮[15]，射則貫兮[16]。
四矢反兮[17]，以禦亂兮[18]。

①猗嗟：表示讚美的嘆詞。　昌：健壯的樣子。
②頎（ㄑㄧˊ）：修長的樣子。
③抑若：懿然，美的樣子。　揚：廣大。
④揚：有飛揚的意思，形容目光炯炯有神。
⑤巧趨：靈巧的步趨。　蹌（ㄑㄧㄤ）：急步走的樣子。
⑥則：即。　臧：射中。
⑦名：明，昌。讚嘆他容貌之美。
⑧清：目光明亮的樣子。
⑨儀：射儀。　成：具備。
⑩侯：箭靶。
⑪正：箭靶的中心。
⑫展：誠，確實。　甥：外甥，一說女婿。
⑬孌：壯美的樣子。
⑭婉：美好的樣子。
⑮選：出色。
⑯貫：穿透箭靶的獸皮，形容力氣大。
⑰矢：箭。　反：把貫在箭靶上的箭收回來。
⑱禦：抵禦、防禦。

啊喲好健壯喲，身材好高大喲。
額頭高且廣喲，眼睛閃神光喲。
步伐好矯健喲，射技可真棒喲。

啊喲好英俊喲，眼睛好清炯喲。

射式已齊備喲，整天射箭靶喲。
不出紅靶心喲，真是好女婿喲！

啊喲好美好喲，眼睛閃光耀喲。
舞姿好出色喲，箭箭穿箭靶喲。
四箭中一點喲，能抵抗敵人喲！

魏風

葛屨

這首詩寫出了女奴的控訴。以女奴的口吻寫出了社會上兩種人的不同生活：一種是正面描寫的「女奴」的痛苦；一種是反面描寫的「好人」的殘酷！

糾糾葛屨①，可以履霜②。
摻摻女手③，可以縫裳。
要之襋之④，好人服之⑤。

好人提提⑥，宛然左辟⑦。
佩其象揥⑧。維是褊心⑨，
是以為刺⑩。

①糾糾：繚繚，繩索纏結繚繞的樣子。　葛屨：葛麻編織成的草鞋。
②可以：何以，怎麼能。　履：踐踏。
③摻摻（ㄔㄢ）：手繁亂、勞累的樣子。
④要：衣服的腰身。　襋（ㄐㄧˊ）：衣領。這兩個字都當動詞用。
⑤好人：指女奴的主人。　服：穿。
⑥提提：通「媞」（ㄊㄧˊ），安詳的樣子。一說美好的樣子。
⑦宛然：真切的樣子。　左辟：向左迴避。
⑧象揥（ㄊㄧˋ）：用象牙或象骨做的簪子。
⑨是：指代好人。　褊（ㄅㄧㄢˇ）心：苛刻、狠心。
⑩是以：所以。　刺：諷刺。

糾糾結結的麻鞋，怎麼能去踏寒霜！
女奴勞累的手，怎能縫製衣裳！
做好腰身做好領，讓那「好人」穿身上。

那「好人」真夠狠，扭過頭去不愛搭理。
還戴著象牙頭飾。
唯有這心腸狠毒，故作詩將他譏刺。

汾沮洳

這是水邊盛會時女子讚美情人的戀歌。她覺得她的情人美得無與倫比，與那些紈絝子弟絕不一樣。

彼汾沮洳①，言采其莫②。
彼其之子③，美無度④。
美無度，殊異乎公路⑤。

彼汾一方⑥，言采其桑。
彼其之子，美如英⑦。
美如英，殊異乎公行⑧。

彼汾一曲⑨，言采其藚⑩。
彼其之子，美如玉。
美如玉，殊異乎公族⑪。

①汾：汾水。　沮洳（ㄐㄩˋ　ㄖㄨˋ）：低濕的地方。

②言：乃。　莫：草名。

③彼其之子：他那個人。

④美無度：俊美無限。度，限制。

⑤殊異：特別不同。殊，甚，特別。　公路：掌管國君車馬的官，由貴族子弟擔任。路，通「輅」。

⑥一方：一旁。

⑦英：花。

⑧公行：掌管國君兵車的官。

⑨曲：指汾水彎曲處。

⑩藚（ㄒㄩˋ）：草名。

⑪公族：掌管國君宗族事務的官。

那汾水浸潤的地帶，有人在那兒採莫菜。
他那個人兒呀，美得沒法來衡量。
俊美得沒法來衡量，
管公車的官兒哪能比得上。

那汾水的一旁，有人在那兒採桑。
他那個人兒呀，美得像朵花一樣。
俊美得像朵花一樣，
管兵車的官兒哪能比得上。

那汾水的灣灣裡，有人在那兒採藚菜。
他那個人兒呀，美得像塊玉一樣。
俊美得像塊玉一樣，
管公族的官兒哪能比得上。

園有桃

這是一首賢士憂國的詩。長歌當哭，悲聲哀婉。有波瀾，有頓挫，吞吐、含蓄，文辭雖然簡短，情思卻是那樣的深長。

園有桃，其實之殽①。
心之憂矣，我歌且謠②。
不我知者，謂我士也驕③。
彼人是哉④，子曰何其⑤？
心之憂矣，其誰知之？
其誰知之，蓋亦勿思⑥。

園有棘⑦，其實之食。
心之憂矣，聊以行國⑧。
不我知者，謂我士也罔極⑨。
彼人是哉，子曰何其？
心之憂矣，其誰知之？
其誰知之，蓋亦勿思。

①之：是。　殽（ㄧㄠˊ）：吃。
②歌、謠：這裡泛指唱歌。合樂叫歌，徒唱叫謠。
③驕：驕逸。
④是：如此。
⑤子曰何其：你自己以為呢？
⑥蓋：同「盍」，何不。
⑦棘：棗。
⑧行國：周遊國中。
⑨罔極：無常。

園子裡有蜜桃，桃子可以美餐。
心中憂傷呀，我要歌唱。
不瞭解我的，說我這個人狂妄。
「那人這樣，你說是為何？」
心裡憂傷呀，有誰知道？
有誰知道，最好不去思考！

園子裡有酸棗，棗子可以下肚。
心裡憂傷呀，姑且在城中漫步。
不瞭解我的，說我這個人沒準兒。
「那人這樣，你說是為何？」
心裡憂傷呀，有誰知道？
有誰知道，只好不去考慮。

陟　岵

這是行役者的思家之作。寫作技巧別具特色：寫了想像中親人對自己的懷念，這樣便增大了詩篇的容量。反映的不僅是一己之苦，而是勞役重壓下人們共同的苦難。

陟彼岵兮[①]，瞻望父兮。
父曰：嗟[②]！予子行役，
夙夜無已[③]。
上慎旃哉[④]！猶來無止[⑤]。

陟彼屺兮⑥，瞻望母兮。
母曰：嗟！予季行役⑦，
夙夜無寐⑧。
上慎旃哉！猶來無棄⑨。

陟彼岡兮，瞻望兄兮。
兄曰：嗟！予弟行役，
夙夜必偕⑩。
上慎旃哉！猶來無死。

注釋

①岵（ㄏㄨˋ）：多草木的山。
②嗟：感嘆聲。
③夙夜：早晚。
④上：通「尚」，希望。　慎：謹慎。　旃（ㄓㄢ）：語助詞。
⑤猶：還。　無止：停留不歸。
⑥屺（ㄑㄧˇ）：無草木的山。
⑦季：小兒子。
⑧無寐：無已。
⑨棄：棄此不復。
⑩必偕：一定要和夥伴同行止。偕，俱。

詩意

登上那長滿草木的山呵，遙望我的爹呀。
爹說：「唉，我的兒子行役，早晚奔走不休。
千萬小心呀，能回來就不要停留。」

登上那沒長草木的山呵，遙望我的娘呀。
娘說：「唉，我的孩子行役，早晚奔走不已。
千萬小心呀，能回來就不要停止。」

登上那邊的山崗呵，遙望我的哥呀。
哥說：「唉，我的弟弟行役，早晚與人相伴。
千萬要小心呀，回來吧不要客死他鄉。」

十畝之間

這是一首桑間行樂歌。詩中描繪出春日田野間，桑女三三兩兩悠閒的採桑情境。「行」字作獨字句，讀來口吻更逼真。

十畝之間兮，桑者閑閑兮①。
行，與子還兮！

十畝之外兮，桑者泄泄兮②。
行，與子逝兮③！

①桑者：採桑的人。　閑閑：從容的樣子。
②泄泄（一丶）：人多的樣子。
③逝：往。

十畝的農田裡呀，
採桑的人兒來來往往啊！
走吧，和你一塊回家吧！

十畝的農田外呀，
採桑的人兒熙熙攘攘啊！
走吧，和你一塊回去吧！

伐　檀

這是一首伐木者之歌，即所謂「勞者歌其事」。他們一邊工作，一邊歌唱，在樂觀愉快的情調中又不乏諷刺笑罵，既唱出了工作創造世界的光輝思想，也唱出了對不公平社會的不滿。

坎坎伐檀兮①，
寘之河之干兮②，
河水清且漣猗③。
不稼不穡④，
胡取禾三百廛兮⑤？
不狩不獵⑥，
胡瞻爾庭有縣貆兮⑦？
彼君子兮⑧，
不素餐兮⑨！

坎坎伐輻兮⑩，
寘之河之側兮⑪，
河水清且直猗。
不稼不穡，
胡取禾三百億兮⑫？
不狩不獵，

胡瞻爾庭有縣特兮[13]
彼君子兮，
不素食兮！

坎坎伐輪兮，
寘之河之漘兮[14]，
河水清且淪猗。
不稼不穡，
胡取禾三百囷兮[15]？
不狩不獵，
胡瞻爾庭有縣鶉兮[16]
彼君子兮，
不素飧兮[17]！

①坎坎：伐木的聲音。　伐：砍。　檀：樹名。
②寘（ㄓˋ）：置，放置。　干：通「岸」，即河岸。
③漣：即瀾，大波。　猗：語助詞。
④稼：耕種。　穡：收穫。
⑤胡：何，為什麼。　廛（ㄔㄢˊ）：通「纏」，三百纏就是三百束。
⑥狩：冬獵。
⑦縣（ㄒㄩㄢˊ）：通「懸」。　貆（ㄏㄨㄢˊ）：獾，獸名。
⑧君子：統治者。
⑨素餐：閒飯。素，白。一說沒有肉的飯。
⑩輻：車輪的輻條。
⑪側：邊、旁。
⑫億：通「束」。
⑬特：三歲大獸。
⑭漘（ㄔㄨㄣˊ）：水邊。
⑮囷（ㄐㄩㄣ）：通「束」。一說圓形糧倉。
⑯鶉：雕。一說鵪鶉。
⑰飧（ㄙㄨㄣ）：熟食。

叮叮咚咚把檀樹砍，
砍下以後放河岸，
河水清清起波瀾。
栽秧割稻你不管，
憑什麼千捆萬捆往家搬？
上山打獵你不來，
憑什麼你家滿院掛豬獾？
那些大人先生啊，
可不是白白吃閒飯！

做車輻叮咚砍木頭，
砍下來放在河埠頭，
河水清清直溜溜。
栽秧割稻你閒瞅，
憑什麼千捆萬捆你來收？
別人打獵你袖手，
憑什麼滿院掛野獸？
那些大人先生啊，
可不是無功把祿受！

做車輪砍樹叮咚響，
砍來放在大河邊，
河水清清水圈長。
下種收割你不幫，
憑什麼千捆萬捆下了倉？
上山打獵你不幫，
憑什麼你家大雕掛成行？
那些大人先生啊，

可不是白白受供養！

碩　鼠

傳統上認為這是一首諷刺剝削的詩作，實則把它看作是臣下將要離開不能重用人才的無道之君時所唱的歌，更為合理。

碩鼠碩鼠①，無食我黍。
三歲貫女②，莫我肯顧③。
逝將去女④，適彼樂土⑤。
樂土樂土，爰得我所⑥。

碩鼠碩鼠，無食我麥。
三歲貫女，莫我肯德⑦。
逝將去女，適彼樂國。
樂國樂國，爰得我直⑧。

碩鼠碩鼠，無食我苗。
三歲貫女，莫我肯勞⑨。
逝將去女，適彼樂郊。
樂郊樂郊，誰之永號⑩。

①碩鼠：螻蛄。一說田鼠，一說大老鼠。
②三歲：三年，這裡指多年。　貫：侍奉。
③顧：照顧、關照。
④逝：通「誓」，表示堅決的語氣。　去：離開。

⑤適：往。　樂土：令人快樂的國土。
⑥爰（ㄩㄢˊ）：乃，於是。　所：處所，即安身立命之地。
⑦德：動詞，加恩、施惠。
⑧直：通「值」。
⑨勞：慰勞。
⑩永號：長嘆。

詩意

蟈蛄！蟈蛄！不要吃我的禾黍！
多年為你做官，全不肯把我照顧。
我要離你遠去，
到那歡樂的國土。
樂土樂土，那才是我立命處。

蟈蛄！蟈蛄！不要吃我的小麥！
多年為你做官，全不肯給我恩惠。
我要離你遠去，
去那歡樂的國度。
樂國樂國，那才是我所依託。

蟈蛄！蟈蛄！不要吃我的禾苗。
多年為你做官，全然不肯把我慰勞。
我要離你遠去，
去那歡樂的郊野。
樂郊樂郊，那裡誰還老呼號？

唐風

蟋蟀

這是一首寫朋友之間相樂、相警的詩。人生易老，當及時行樂，但是行樂需有度、有節制。詩文縱橫捭闔，自有其妙！

蟋蟀在堂①，歲聿其莫②。
今我不樂，日月其除③。
無已大康④，職思其居⑤！
好樂無荒⑥，良士瞿瞿⑦。

蟋蟀在堂，歲聿其逝⑧。
今我不樂，日月其邁⑨。
無已大康，職思其外⑩！
好樂無荒，良士蹶蹶⑪。

蟋蟀在堂，役車其休⑫。
今我不樂，日月其慆⑬。
無已大康，職思其憂！
好樂無荒，良士休休⑭。

①蟋蟀：蟲名，又名促織。　堂：廳堂。

②歲聿（ㄩˋ）其莫：一年即將結束。歲，歲時。聿，語助詞，一說乃。其，將。莫，暮。

③日月其除：光陰就要過去。日月，光陰。除，過去。
④無已：不可。　大（ㄊㄞˋ）康：太歡樂。康，樂。
⑤職：通「直」，當。　居：所處的地位。
⑥荒：荒廢，一說過分。
⑦良士：賢德之士。　瞿瞿（ㄐㄩˋ）：驚顧的樣子。這裡指警惕。
⑧逝：去，流逝。
⑨邁：行，光陰逝去。
⑩外：意外，一說職事以外的工作。
⑪蹶蹶（ㄐㄩㄝˊ　ㄐㄩㄝˊ）：勤敏勞苦的樣子。
⑫役車：勞役的車。
⑬慆（ㄊㄠ）：過，行。
⑭休休：畜畜，體恤勤勞的樣子。

蟋蟀搬進屋裡，一年快要到底。
如今再不尋樂，時光所剩無幾。
可別過分安逸，本分不要忘記！
尋樂不荒正業，良士都能警惕。

蟋蟀搬進屋裡，一年還剩幾分。
如今再不尋樂，時光不肯等人。
可別過分安逸，別忘預防意外。
尋樂不荒正業，良士個個勤奮。

蟋蟀搬進屋裡，行役車輛都停。
如今再不尋樂，時光都要溜盡。
可別過分安逸，還該想到困境。
尋樂不荒正業，良士體恤勤勞。

山有樞

這是一篇行將沒落的貴族的心裡獨白。它形似曠達，實則貪吝、偽善，為痛苦而哀鳴，是中國頹廢詩派的始祖之作。

原詩山有樞[1]，隰有榆[2]。
子有衣裳，弗曳弗婁[3]。
子有車馬，弗馳弗驅。
宛其死矣[4]，他人是愉[5]。

山有栲[6]，隰有杻[7]。
子有廷內[8]，弗灑弗埽。
子有鐘鼓，弗鼓弗考[9]。
宛其死矣，他人是保！

山有漆[10]，隰有栗[11]。
子有酒食，何不日鼓瑟[12]？
且以喜樂，且以永日[13]。
宛其死矣，他人入室。

①樞（ㄕㄨ）：臭椿樹。一說刺榆。

②榆：白榆。

③曳（ㄧˋ）：拖。　婁：將衣服用帶子束於身。

④宛其：宛然，形容委頓倒下的樣子。

⑤愉：樂。

⑥栲（ㄎㄠˇ）：山樗。

⑦杻（ㄋㄧㄡˇ）：木名，即杻樹。

⑧廷內：庭院與堂室。

⑨鼓、考：敲打。弗（ㄈㄨˊ）：不

⑩漆：一種液汁可作塗料的樹。

⑪栗：栗子樹。

⑫鼓瑟：彈琴。

⑬永日：終日，整天行樂。

高山上，樞樹長，窪地裡，白榆大。
你呀有的是衣裳，不披它來不提它。
你呀有的是車馬，不駛它來不駕它。
要是你一旦死去呀，別人就來享受它。

高山上，山樗長，窪地裡，杻樹大。
你呀有的是庭堂，不灑它來不掃它。
你呀有的是鐘鼓，不敲它來不擂它。
要是你一旦死去呀，別人就來佔有它。

高山上，長漆樹，窪地裡，有榛栗。
你呀有的是酒肉，為何不天天彈琴瑟？
用它來尋求快樂，用它來度過終日。
要是你一旦死去呀，別人進入你的室內啦。

揚之水

這是一首女子踐約之歌。詩中的大意是：男子先給女子寄信相約，女子不敢有誤，便匆匆趕到澤畔，他們相見後非常高興，於是女子唱了這首歌。

揚之水①，白石鑿鑿②。
素衣朱襮③，從子於沃④。
既見君子，云何不樂？

揚之水，白石皓皓⑤。
素衣朱繡⑥，從子於鵠⑦。
既見君子，云何其憂？

揚之水，白石粼粼⑧。
我聞有命，不敢以告人。

①揚：當作楊，地名，在今山西洪洞縣南。一說水流淺緩的樣子。
②鑿鑿：鮮明的樣子。
③襮（ㄅㄛˊ）：衣領。
④從：隨從。
⑤皓皓：潔白的樣子。
⑥朱繡：紅色的刺繡。
⑦鵠（ㄍㄨˇ）：皋，澤畔。
⑧粼粼（ㄌㄧㄣˊ）：清澈的樣子。

楊城的小河，白石磊磊落落。
我穿著白衣紅領，追你來到了水澤。
既已見到了冤家，怎能不叫人歡樂？

楊城的小河，白石光光潔潔。
我穿著白衣紅袖，追你來到了澤畔。
既已見到了冤家，還會有什麼憂愁？

楊城的小河，白石在水中閃耀。
我聽到你來叫我，
不讓人知就趕到。

綢繆

這是一首新婚的讚歌。詩人覺得新娘美麗無比，夜晚也很迷人，不知該如何才能不辜負這良辰美景。

綢繆束薪①，三星在天②。
今夕何夕？見此良人③。
子兮，子兮，如此良人何？

綢繆束芻④，三星在隅⑤。
今夕何夕？見此邂逅⑥。
子兮，子兮，如此邂逅何？

綢繆束楚，三星在戶。
今夕何夕？見此粲者⑦。
子兮，子兮，如此粲者何？

①綢繆（ㄔㄡˊ　ㄇㄡˊ）：纏繞緊密的樣子。　束薪：捆紮的柴草。
②三星：三通「參」，星宿名，即心星，二十八宿之一。
③良人：好人，這裡指新娘。
④芻（ㄔㄨˊ）：草。

⑤隅：角，指天之一角。
⑥邂逅：不期而遇，引申為難得之喜。
⑦粲（ㄘㄢˋ）者：美人，指新婦。

緊緊捆起了柴草，抬頭看見了心星。
今夜是何夜？能與好人兒相見。
你呀，你呀，這樣的好人兒，叫我怎麼辦？

緊緊捆起了芻草，心星照耀在屋角。
今夜是何夜？能與可愛的人不期而見。
你呀，你呀，這樣可愛的人兒，叫我怎麼辦？

緊緊捆起了荊條，心星在門頭照耀。
今夜是何夜？能與美人兒相見。
你呀，你呀，這樣的美人兒，叫我怎麼辦？

杕　杜

這是一位無兄無弟、孤獨無援者的慨嘆。古代中國人特別重視血緣關係，習慣上認為無兄無弟便無援助。

有杕之杜①，其葉湑湑②。
獨行踽踽③，豈無他人？
不如我同父④。
嗟行之人⑤，胡不比焉⑥？

人無兄弟，胡不佽焉⑦？

有杕之杜，其葉菁菁⑧。
獨行睘睘⑨，豈無他人？
不如我同姓。
嗟行之人，胡不比焉？
人無兄弟，胡不佽焉？

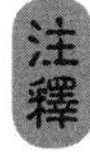

①杕（ㄉㄧˋ）：獨特、孤立的樣子。　杜：棠梨。
②湑（ㄒㄩˇ）：茂盛的樣子。
③踽踽（ㄐㄩˇ）：獨自行路悲悲涼涼的樣子。
④同父：指兄弟。
⑤嗟：悲嘆聲。
⑥比（ㄅㄧˋ）：輔助。
⑦佽（ㄘˋ）：説明。
⑧菁菁：草木茂盛的樣子。
⑨睘睘（ㄑㄩㄥˊ）：獨自行走的樣子。一説孤單無所依靠。

孤生的甘棠，葉子青青蒼蒼。
我　人徘徊多麼淒涼！
難道沒有別人？畢竟與兄弟兩樣。
唉，道上的行人，為何視而不見？
人家沒有兄弟，為何不伸手相幫？

孤生的甘棠，葉子鬱鬱蔥蔥。
我一人徬徨多麼孤單！
難道沒有別人？畢竟不同於兄弟。
唉，道上的行人，為何視而不見？
人家沒有兄弟，為何不伸手相幫？

鴇羽

這是一首服役者之歌。詩中先是平平敘事，中間突然轉而責問父母何以供養，結尾又以「悠悠」二句一筆揚起，妙處全在吞吐伸縮之間。

肅肅鴇羽①，集於苞栩②。
王事靡盬③，不能蓺稷黍④。
父母何怙⑤？
悠悠蒼天，曷其有所⑥？

肅肅鴇翼⑦，集於苞棘⑧。
王事靡盬，不能蓺黍稷。
父母何食？
悠悠蒼天，曷其有極⑨？

肅肅鴇行⑩，集於苞桑。
王事靡盬，不能蓺稻粱。
父母何嘗？
悠悠蒼天，曷其有常⑪？

①肅肅：鳥翅撲打的聲音。　鴇（ㄅㄠˇ）：野雁，形狀像雁。
②苞栩：叢生的櫟樹。苞，叢生。栩，櫟樹。
③王事：政事，此處指征役。　靡盬（ㄍㄨˇ）：沒有止息。
④蓺：種植。
⑤怙（ㄏㄨˋ）：依靠。
⑥曷（ㄏㄜˊ）：何時。　所：止，一說處所。
⑦鴇翼：野雁的翅膀。
⑧苞棘：叢生的酸棗樹。

⑨極：終了。

⑩行：翮，翅膀。一說行列。

⑪常：正常。

野雁拍翅一陣陣，櫟樹叢中棲不穩。
政事不得息，莊稼種不成！
餓死爹娘誰來問？
老天呀，老天！哪天小民得安身？

野雁翅兒肅肅顫，棗樹叢裡息不安。
王差不得息，莊稼完了蛋！
可憐爹娘沒有飯！
老天呀，老天！哪裡會有個盡頭？

野雁肅肅飛成行，棲息在那桑樹上。
政事不能休，莊稼已蕪荒。
可憐爹娘無飯嘗。
老天呀，老天！什麼時候才正常？

葛 生

這是一首悼亡詩。此詩在藝術上頗具特色，通篇沒有一個「死」字，而人不在之意自現；沒有一個「思」字，而無字無句不在思念。

葛生蒙楚①，蘞蔓於野②。

予美亡此[3]，誰與？獨處！

葛生蒙棘，蘞蔓於域[4]。
予美亡此，誰與？獨息！

角枕粲兮[5]，錦衾爛兮[6]。
予美亡此，誰與？獨旦[7]！

夏之日，冬之夜，
百歲之後，歸於其居[8]。

冬之夜，夏之日，
百歲之後，歸於其室[9]。

①蒙：覆蓋。　楚：荊條。
②蘞（ㄌㄧㄢˊ）：一種蔓生植物，俗謂野葡萄。　蔓：蔓延。
③予美：我的愛人。　亡：死亡。
④域：墓地。一説田野。
⑤角枕：方而有角的枕頭。　粲：文采鮮明的樣子。
⑥爛：燦爛。
⑦獨旦：獨自睡至天亮。
⑧其居：指死者的墳墓。
⑨其室：指死者的墳墓。

葛藤覆蓋著荊條，野葡萄蔓延荒郊。
我的愛人不在了，只有我獨處空窯。

葛藤覆蓋著叢棘，野葡萄蔓延墓地。
我的愛人不在了，只有我獨自寢息。

方枕燦爛啊，錦被耀眼啊。
我的愛人不在了，夜夜獨自熬到天亮。

夏天的長日，冬天的長夜，
百年之後，歸到他的墓穴。

冬天的長夜，夏天的長日，
百年之後，歸到他的墓室。

采苓

題解

這是一首勸人勿信讒言之作。《詩序》以為刺獻公，說詩者多以申生、驪姬之事附會之。

采苓采苓①，首陽之顛。
人之為言②，苟亦無信③。
舍旃舍旃④，苟亦無然⑤。
人之為言，胡得焉⑥？

采苦采苦⑦，首陽之下。
人之為言，苟亦無與⑧。
舍旃舍旃，苟亦無然。
人之為言，胡得焉？

采葑采葑⑨，首陽之東。

人之為言，苟亦無從[10]。
舍旃舍旃，苟亦無然。
人之為言，胡得焉？

①苓（ㄌㄧㄥˊ）：蓮。一說甘草。
②為言：偽言、假話。
③苟：誠，確。一說姑且。　無：不要。
④舍旃（ㄓㄢ）：舍之。旃，語助詞。
⑤然：是，正確。
⑥得：正確。
⑦苦：植物名。
⑧與：許，讚許。
⑨葑（ㄈㄥ）：蔓菁、蕪菁。
⑩從：聽從。

採蓮採蓮，登上首陽山頂。
人的漂亮話，千萬別相信。
別聽別聽，萬萬別當真。
人的漂亮話，怎能無水分？

采苦采苦，站在首陽山下。
人的漂亮話，千萬別認可。
別聽別聽，萬萬別當真。
人的漂亮話，怎能無水分？

采葑采葑，來到首陽山東。
人的漂亮話，千萬別聽從。
別聽別聽，萬萬別當真。
人的漂亮話，哪能無水分？

秦　風

駟驖

題解

這是一篇寫秦君田獵的詩。詩篇從出發到歸來，如同一幅狩獵圖，表現了秦人的尚武精神。

原詩

駟驖孔阜①，六轡在手②。
公之媚子③，從公於狩④。

奉時辰牡⑤，辰牡孔碩。
公曰左之⑥，舍拔則獲⑦。

遊於北園⑧，四馬既閑⑨。
輶車鸞鑣⑩，載獫歇驕⑪。

注釋

①駟驖（ㄙˋ ㄊㄧㄝˇ）：四匹鐵色的馬。驖，赤黑色的馬。　孔阜：肥碩。
②六轡（ㄆㄟˋ）：六條韁繩。
③公：秦君。　媚子：愛子。
④狩：打獵。
⑤奉：供奉，這裡是指牧官驅趕出群獸到獵場待射。　時：是。　辰牡：五歲的公獸。辰，通「慎」，五歲為慎。
⑥左之：向左追趕。
⑦舍：放。　拔：箭尾，這裡指代箭。　則獲：指獲得獵物。
⑧遊：遊觀。一說遊獵。
⑨閑：閒暇。一說熟悉。

⑩輶（ㄧㄡˊ）車：輕車。　鸞：通「鑾」，鑾鈴。　鑣（ㄅㄧㄠ）：馬嚼子。
⑪獫（ㄒㄧㄢˇ）：長嘴狗。　歇驕：短嘴狗。

四匹壯馬黑如鐵，六根轡繩手中捏。
公爺寵愛的人兒，跟著公爺來打獵。

五歲公獸已趕出，那獸體大膘又足。
公爺下令「向左射」，一箭離弦獸倒伏。

公爺獵罷遊北園，四匹馬兒好悠閒。
輕車之上鑾鈴響，獵狗休息在車間。

蒹　葭

這首詩旨在寫男女隔離的苦悶。此詩之妙，在於意境的空靈幽緲處。一派秋色茫茫、水波渺渺、天地空曠、人影恍惚的朦朧意境，可謂象徵意義的傑作。

蒹葭蒼蒼①，白露為霜。
所謂伊人②，在水一方③。
溯洄從之④，道阻且長⑤。
溯遊從之⑥，宛在水中央⑦。

蒹葭萋萋⑧，白露未晞⑨。
所謂伊人，在水之湄⑩。

溯洄從之，道阻且躋[11]。
溯游從之，宛在水中坻[12]。

蒹葭采采[13]，白露未已。
所謂伊人，在水之涘[14]。
溯洄從之，道阻且右[15]。
溯游從之，宛在水中沚[16]。

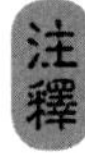

①蒹（ㄐㄧㄢ）：荻。　葭（ㄐㄧㄚ）：蘆。　蒼蒼：深青色，形容茂盛的樣子。
②所謂：所想所念。　伊人：那人，詩人所思念追尋的人。
③一方：一旁，一邊。
④溯（ㄙㄨˋ）洄：逆流而上。洄，迴曲的水道。
⑤阻：艱難。　長：遙遠。
⑥溯遊：順流而涉。游，通「流」，指直流。
⑦宛：分明可見的樣子。一說好似、彷彿。
⑧萋萋：茂盛的樣子。
⑨晞：曬乾。
⑩湄：水岸。
⑪躋（ㄐㄧ）：升高，這裡形容道路又陡又高。
⑫坻（ㄉㄧˇ）：水中的小塊高地。
⑬采采：茂密眾多的樣子。
⑭涘（ㄙˋ）：涯，水邊。
⑮右：迂回曲折。
⑯沚：水中的小沙丘。

蘆荻長得長長，露兒變成白霜。
我心上的人兒，她在水的那方。
逆流而上去尋訪，路兒險阻又漫長。
順流而下去尋訪，她彷彿在那水中央。

蘆荻長得高高，露兒沒被曬乾。
我心上的人兒，她在水的那岸。
逆流而上去探看，路兒陡高通過難。
順流而下去探看，她依稀在那水中間。

蘆荻長得稠稠，露兒還有餘留。
我心上的人兒，她在水的那頭。
逆流而上去追求，路兒迂迴罷了休。
順流而下去追求，她似在那水中洲。

黃鳥

這是一首哀悼三良殉葬的詩。三良即子車氏三子：奄息、仲行、針虎。詩中每章的前三句，以黃鳥的哀鳴起興，造成一種哀傷的氣氛；每章的後半部分，以重疊的曲辭，構成哀婉動人的基調，令人哀思而憤懣。

交交黃鳥①，止於棘。
誰從穆公②？子車奄息③。
維此奄息，百夫之特④。
臨其穴⑤，惴惴其栗⑥。
彼蒼天者，殲我良人⑦。
如可贖兮，人百其身⑧。

交交黃鳥，止于桑。
誰從穆公？子車仲行。
維此仲行，百夫之防⑨。

臨其穴，惴惴其栗。
彼蒼者天，殲我良人。
如可贖兮，人百其身。

交交黃鳥，止于楚。
誰從穆公？子車鍼虎。
維此鍼虎，百夫之禦⑩。
臨其穴，惴惴其栗。
彼蒼者天，殲我良人。
如可贖兮，人百其身。

注釋

①交交：鳥鳴聲。　黃鳥：黃雀。
②從：從死，從葬，殉葬。
③子車奄息：子車是氏，奄息是名。
④百夫之特：一個抵百人。百夫，百人。特，匹。一說特為雄，即傑出。
⑤穴：墓穴。
⑥惴惴（ㄓㄨㄟˋ）：驚恐的樣子。　栗（ㄌㄧˋ）：通「慄」，發抖。
⑦殲：殲滅。　良人：好人。
⑧人百其身：用一百人贖他一人。一說一人死一百次也情願。
⑨防：通「方」，比，與上章特字意思相近。鍼（ㄓㄣ）虎：縫布帛的工具
⑩禦：當。

詩意

交交哀鳴的黃雀，停歇在那棗樹上。
誰陪穆公去下葬？子車奄息遭了殃。
這個奄息呀，一人能抵百人強。
他走近墓穴，不禁渾身發抖。
那老天爺呀，為何把好人奪走。
如果可以贖命呵，我們死一百個也甘休。

交交哀鳴的黃雀，停歇在那桑樹上。
誰陪穆公去下葬？子車仲行遭了殃。
這個仲行呀，一人能把百人當。
他走近墓穴，不禁渾身發抖。
那老天爺呀，為何把好人奪走！
如果可以贖命呵，我們死百個也甘休。

交交哀鳴的黃雀，停歇在那荊樹上。
誰陪穆公去下葬？子車針虎遭了殃。
這個針虎呵，百個人呀比不上。
他走近墓穴，不禁渾身發抖。
那老天爺呀，為何把好人奪走。
如果可以贖命呵，我們死百個也甘休。

晨　風

這是一首女子等候情人之歌。女子赴約，等候情人於北林，過時不見其至而作。語氣看似怨恨，實是想望，它呈現了熱戀中的人等候所愛的焦急心情。

鴥彼晨風①，鬱彼北林②。
未見君子，憂心欽欽③。
如何如何？忘我實多④！

山有苞櫟⑤，隰有六駮⑥。
未見君子，憂心靡樂⑦。

如何如何？忘我實多！

山有苞棣[8]，隰有樹檖[9]。
未見君子，憂心如醉。
如何如何？忘我實多！

①鴥（ㄩ丶）：快的樣子。　晨風：早上的風。一說鳥名。
②鬱：形容風大。
③欽欽：憂思的樣子。
④實：為。
⑤苞櫟（ㄌ一丶）：叢生的櫟樹。
⑥隰（ㄒ一ˊ）：濕窪地。　六駮：也作駁（ㄅㄛˊ）。木名，即赤李。六表示多數，秦人在數字上崇尚六。
⑦靡樂：不樂。
⑧棣（ㄌ一丶）：郁李。一說常棣。
⑨檖（ㄙㄨㄟ丶）：山梨。

疾速的晨風，從北林吹過。
沒有見到所愛，憂傷將我折磨。
為什麼呀為什麼，大半已是忘了我。

山頭生櫟樹，赤李在低處。
沒有見到所愛，心中憂悶難除。
為什麼呀為什麼，大半已是忘了我。

郁李已成叢，山梨窪地生。
沒有見到所愛，憂愁如醉濃濃。
為什麼呀為什麼，大半已是忘了我。

無　衣

這是一首戰士的備戰之歌。詩中慷慨激昂的情調，表現了戰士枕戈以待，隨時準備共赴戰場為國捐軀的精神。

豈曰無衣？與子同袍[①]。
王於興師[②]，修我戈矛[③]。
與子同仇[④]。

豈曰無衣？與子同澤[⑤]。
王於興師，修我矛戟[⑥]。
與子偕作[⑦]。

豈曰無衣？與子同裳。
王於興師，修我甲兵[⑧]。
與子偕行[⑨]。

①袍：長衣。
②王於興師：秦王如起兵。於，如。興師，起兵。
③戈矛：兩種長柄兵器。戈平頭似鐮刀，矛尖頭似長槍。
④同仇：同仇敵愾，即共同對敵。
⑤澤：內衣。
⑥戟（ㄐㄧˇ）：結合戈矛二器特點而成的兵器，既可直刺，也可橫刺。
⑦偕作：共同起來做事。偕，共同。作，起。
⑧甲兵：兵器的總稱。甲，衣甲。兵，兵器。
⑨偕行：同行，同往。

難道說沒有衣裳？願與你同著戰袍。
王將要起兵征討，快修好短戈長矛。
你我一起衝向前哨。

難道說沒有衣裳？願與你共著汗衫。
王將要起兵作戰，快修好矛頭戟桿。
你我一起共赴國難。

難道說沒有衣裳？願與你共同去穿。
王將要起兵打仗，快整好甲冑戎裝。
你我一起挺進前方。

渭　陽

這是一首甥舅送別詩。一片甥舅至情，頗得後人激賞。後人以「渭陽」稱呼舅舅，即由此而來。

我送舅氏，曰至渭陽。
何以贈之？路車乘黃①。

我送舅氏，悠悠我思。
何以贈之？瓊瑰玉珮②。

①路車：諸侯乘坐的車。　乘黃：四匹黃馬。古車一乘駕四馬。

②瓊瑰：珠玉之類。　玉珮：玉石做成的佩飾。

我送我的舅舅，送他送到渭陽。
拿什麼贈別？車兒大，馬兒黃。

我送我的舅舅，愁腸百轉千迴。
拿什麼贈別？有珠寶，有玉珮。

權　輿

這首詩寫沒落貴族的悲嘆。詩中反覆詠嘆今不如昔，表現了無可奈何的悲觀情緒。

原詩

於[①]！我乎，夏屋渠渠[②]，
今也每食無餘。
於嗟乎[③]！不承權輿[④]。

於！我乎，每食四簋[⑤]，
今也每食不飽。
於嗟乎！不承權輿。

①於（ㄨ）：嘆詞。

②夏屋：大器皿。一說大屋。　渠渠（ㄑㄩˊ）：高大寬廣的樣子，人工挖掘的水道。深廣的樣子。

③於嗟乎：悲嘆聲。於，同「吁」。

④不承權輿：不比當初。承，繼承。權輿，當初。

⑤簋（ㄍㄨㄟˇ）：古代的盛食器具。

為什麼喲，器皿美食堆得高，
如今呀，肚子也填不飽。
可嘆喲，當初的好時光已完了。

為什麼喲，每頓飯四碟八碗，
現在呀，肚子也填不滿。
可嘆喲，從前的好日子已完了。

陳風

宛丘

這是一首寫舞女美妙舞姿的詩。宛丘為陳國的遊樂之地，就像鄭國的溱洧、宋時的西湖一樣，是人們迎神遊樂的地方。

子之湯兮①，宛丘之上兮②。
洵有情兮，而無望兮③。

坎其擊鼓④，宛丘之下。
無冬無夏，值其鷺羽⑤。

坎其擊缶⑥，宛丘之道。
無冬無夏，值其鷺翿⑦。

①子：你。　湯：通「蕩」，形容舞姿搖擺的樣子。

②宛丘：地名，又名韞丘，是陳國的遊覽之地。

③無望：沒有希望。

④坎其：坎坎，擊鼓聲。

⑤值：樹立。一說持，拿著。　鷺羽：用鷺的長羽製成的飾物。這裡當指舞時樹於舞場的羽製飾物。

⑥缶（ㄈㄡˇ）：瓦盆。古代歌舞時以擊缶為節奏。

⑦鷺翿（ㄌㄨˋ　ㄉㄠˋ）：用鷺羽為飾的旗，與上鷺羽為同一物。這裡當指舞時樹於舞場的羽飾旗。

姑娘啊輕搖慢舞，就在那宛丘的高處。
我的情意啊深長，卻又不能太多奢望！

擊起鼓兒咚咚響，就在那宛丘山腳下。
不論嚴冬與盛夏，鷺羽旗飾樹於舞場上。

敲起瓦盆噹噹響，就在那宛丘路中央。
不論嚴冬和盛夏，鷺羽旗飾樹於舞場上。

東門之枌

這是一首秋日盛會之歌，男女青年歡欣鼓舞，相互贈答，全詩洋溢著歡快活潑的氣氛。

東門之枌①，宛丘之栩②。
子仲之子③，婆娑其下④。

穀旦於差⑤，南方之原⑥。
不績其麻⑦，市也婆娑⑧。

穀旦於逝⑨，越以鬷邁⑩。
視爾如荍⑪，貽我握椒⑫。

①東門：指陳國的東門。　枌（ㄈㄣˊ）：白榆。
②栩（ㄒㄩˇ）：橡樹。
③子仲之子：子仲氏的女兒。
婆娑：舞姿翩翩的樣子。
穀旦（ㄍㄨˇ　ㄉㄢˋ）：吉日、良辰。　差：徂（ㄘㄨˊ），往。
⑥原：原野。
⑦績：紡。
⑧市：人雜聚的地方，集市。
⑨逝：往。
⑩越以：發語詞。　鬷（ㄗㄨㄥ）邁：會聚行樂。邁，行。
⑪荍（ㄑㄧㄠˊ）：草名，即荊葵。
⑫貽：贈送。　握椒：成把的花椒。

東門那邊的白榆，宛丘這邊的櫟樹。
子仲家裡的姑娘，在樹下翩翩起舞。

在吉日一起前往，歡會在南邊的平原。
姑娘們停止了績織，也到這裡遊玩。

在吉日一起去遊，參加這節日的狂歡。
我愛你荊葵花的豔麗，你贈我花椒的芬芳。

衡　門

這是一首失戀者的悲歌。他看到一對對男女結伴而行，自己卻零丁一人。因此面對泌水，「饑餓」難熬。其實自己擇偶的要求並不高，只是未能如願。

衡門之下[1]，可以棲遲[2]。
泌之洋洋[3]，可以樂饑[4]。

豈其食魚，必河之魴[5]？
豈其娶妻，必齊之姜[6]？

豈其食魚，必河之鯉？
豈其娶妻，必宋之子[7]？

①衡門：即「橫門」，衡木為門，指簡陋的房屋。
②棲遲：休憩。
③泌（ㄅㄧˋ）：水名。　洋洋：水盛的樣子。
④樂：通「療」，治。療饑即止饑。
⑤魴（ㄈㄤˊ）：即鯿，是魚中美味者。這裡比喻異性。
⑥齊之姜：齊國姜姓之女。指代有聲望的大家閨秀。
⑦宋之子：宋國子姓之女。也指有聲望的大家閨秀。

簡陋的橫木門下，怎麼能夠安下身？
洋洋泌水不停息，清水填腸可止饑？

難道吃魚，定要把美味的鯿魚嘗？
難道娶妻，定要齊國姜姓好姑娘？

難道吃魚，定要把美味的鯉魚嘗？
難道娶妻，定要宋國子姓的好姑娘？

東門之楊

這首詩描繪出一幅人約黃昏、久候不至的情景。在葉之聲、星之光的反襯下，寫出寂寞無聊的心境。

東門之楊，其葉牂牂①。
昏以為期，明星煌煌②。

東門之楊，其葉肺肺③。
昏以為期，明星晢晢④。

①牂牂（ㄗㄤ）：樹葉摩擦的聲音。一說茂盛的樣子，或風吹動樹葉的樣子。
②明星：明亮的星星，一說啟明星。　煌煌：明亮的樣子。
③肺肺（ㄆㄟˋ）：沛沛，茂盛的樣子。
④晢晢（ㄓㄜˊ）：明亮的樣子。

東門那邊有白楊，風吹葉兒嗦嗦響。
人兒相約黃昏時，已是眾星亮堂堂。

東門那邊有白楊，風吹葉兒沙沙響。
人兒相約在黃昏，已是眾星閃亮光。

墓　門

這是一首諷刺壞人的詩作，她既為人所共知的「夫也不良」而傷心；又為這個人不能罷其「不良」之行而痛心。

墓門有棘①，斧以斯之②。
夫也不良③，國人知之。
知而不已④，誰昔然矣⑤！

墓門有梅，有鴞萃止⑥。
夫也不良，歌以訊之⑦。
訊予不顧，顛倒思予⑧。

①墓門：墓道之門。
②斯：析、劈。
③夫：彼，那個人。
④已：止，甘休。
⑤誰昔：疇昔，從前。
⑥鴞（ㄒㄧㄠ）：鴟（ㄔ）貓頭鷹。　萃：集。　止：之。
⑦訊：通「誶」（ㄙㄨㄟ），責罵。
⑧顛倒：跌倒，比喻困境。

墓門有棵惡荊樹，拿起斧頭劈了它。
那個人呀真不好，人們個個知道他。
知道了他也不悔改，他老早兒就是這個樣。

墓門有棵惡梅樹，貓頭鷹聚在上邊。
那個人呀真不好，編隻歌兒勸刺他。
勸說了他也不理會，他栽了跟頭才能想起我！

防有鵲巢

這是一首失戀者之歌。詩寫情人之間出現了矛盾，一方愁苦無限，不由地失聲呼喚。這呼聲有疑慮、有責怨、有乞求，是一種弱者失戀後的心理。

防有鵲巢①，邛有旨苕②。
誰侜予美③，心焉忉忉④。

中唐有甓⑤，邛有旨鷊⑥。
誰侜予美，心焉惕惕⑦。

①防：防堤、堤壩。
②邛（ㄑㄩㄥˊ）：土丘。　旨苕（ㄊㄧㄠˊ）：甘美的苕草。
③侜（ㄓㄡ）：欺騙。　予美：我的愛人。
④忉（ㄉㄠ）忉：憂愁不安的樣子。
⑤唐：庭中或廟中的路。　甓（ㄆㄧˋ）：磚。
⑥旨鷊（ㄧˋ）：甘美的草，草名，又名綬草。
⑦惕惕：恐懼不安的樣子。

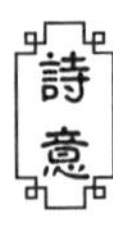

哪裡見過堤上築鵲巢？哪裡見過丘上生水草？

是誰欺騙了我的愛人？我的心裡啊愁苦不安。

哪裡見過路上鋪磚瓦？哪裡見過丘上生水草？
是誰欺騙了我的愛人？我的心裡啊恐懼不安。

月出

這是一幅月夜懷人圖。詩中的月光與容貌俱美，詩人的癡情也全繫於此。難怪惹出下邊的無限相思。

月出皎兮①，佼人僚兮②，
舒窈糾兮③，勞心悄兮④。

月出皓兮⑤，佼人懰兮⑥，
舒懮受兮⑦，勞心慅兮⑧。

月出照兮⑨，佼人燎兮⑩，
舒夭紹兮⑪，勞心慘兮⑫。

①皎：皎潔。
②佼（ㄐㄧㄠˇ）人：美人。佼通「姣」，好。　僚：美好的樣子。
③舒：舒遲、徐緩。　窈糾：體態美好的樣子。
④勞心：憂心。　悄：悄悄，憂愁的樣子。
⑤皓：明亮。
⑥懰（ㄌㄧㄡˊ）：妖冶的樣子。
⑦懮（ㄧㄡˇ）受：行步舒遲的樣子。
⑧慅（ㄘㄠˇ）：憂思不安的樣子。

⑨照：通「昭」，光明。
⑩燎：通嫽，美好的樣子。
⑪夭紹：要紹，體態美好的樣子。
⑫慘：通「懆」（ㄘㄠˇ），憂愁不安的樣子。

月兒出來多光耀，想起美人多俊俏，
安閒地走動，體態多苗條！
思念她讓我心焦呀！

月兒出來多明亮，想起美人多漂亮，
安閒地走動，體態多美好！
思念她讓我憂愁啊！

月兒出來多光明，想起美人多美妙，
安閒地走動，體態真柔婉！
思念她讓我煩惱啊！

株　林

這首詩是諷刺陳靈公私通夏南之事，隱言微諷，頗為含蓄。

胡為乎株林①？從夏南兮②；
匪適株林③，從夏南！

駕我乘馬④，說於株野⑤。

乘我乘駒，朝食於株[6]。

①胡：何。　為：治。為乎株林，指在株林築台之事。

②從：因。一說跟人。　夏南：夏姬之子夏征舒。

③匪適：彼往，他們去。匪，通「彼」。

④乘（ㄕㄥˋ）馬：同駕一車的四匹馬。

⑤說：通「稅」，停車。

⑥朝食：早餐，吃早飯。

為什麼築台株林？因為夏南喲。
他們往株林，因為夏南！

駕起我的四匹馬，到達株林就停下。
坐上我的四馬車，早餐株林不耽擱。

澤　陂

這是一首失戀者之歌，詩意與《漢廣》、《蒹葭》相類，只是此詩對蓮花，懷情人，觸物傷懷，情現於外，更加憂思感傷。

彼澤之陂[1]，有蒲與荷[2]。
有美一人，傷如之何[3]。
寤寐無為[4]，涕泗滂沱[5]。

彼澤之陂，有蒲與蕑[6]。

有美一人，碩大且卷[⑦]。
寤寐無為，中心悁悁[⑧]。

彼澤之陂，有蒲菡萏[⑨]。
有美一人，碩大且儼[⑩]。
寤寐無為，輾轉伏枕。

①澤陂（ㄆㄧˊ）：湖澤的堤岸。陂，堤岸。

②蒲：水草名。

③傷：因思念而憂傷。一說當作陽，女中的賤者稱陽。

④無為：無聊，無所事事。

⑤涕：眼淚。　泗：鼻涕。　滂沱：本意是雨大的樣子，這裡用來形容哭泣不止的樣子。

⑥蕑（ㄐㄧㄢ）：蓮，今名蓮子。荷花的果實。

⑦碩大：高大。　卷：鬢髮美好的樣子。

⑧悁悁（ㄐㄩㄢ）：抑鬱不樂的樣子。

⑨菡萏（ㄏㄢˋ　ㄉㄢˋ）：荷花。

⑩儼：端莊的樣子。

在那湖澤的岸邊，
有蒲草還有荷花搖曳生姿。
有一個美麗的人兒，
想得他心傷又無可奈何。
我醒也不是睡也不能，
眼淚鼻涕呀快流成河。

在那湖澤的岸邊，
有蒲草還有蓮子結實累累。
有一個美麗的人兒，

高大的身材，鬒髮美好。
我醒也不是睡也不能，
想念他愁悶真難排解。

在那湖澤的岸邊，
有蒲草還有荷花含苞怒放。
有一個美麗的人兒，
高大的身材，儀表堂堂。
我醒也不是睡也不能，
思念他一夜千迴百轉。

檜風

隰有萇楚

這首詩抒發了一種人生的煩惱和厭世的情感。詩人悲嘆的原因有二：一是生之煩惱，二是家室之累。

隰有萇楚①，猗儺其枝②。
夭之沃沃③，樂子之無知④。

隰有萇楚，猗儺其華。
夭之沃沃，樂子之無家⑤。

隰有萇楚，猗儺其實。
夭之沃沃，樂子之無室⑥。

①萇（ㄔㄤˊ）楚：植物名，羊桃。
②猗儺（ㄜˇ ㄋㄨㄛˊ）：婀娜，柔媚的樣子。
③夭：小而和舒的樣子。　沃沃：肥美有光澤的樣子。
④子：指萇楚。
⑤無家：無家室之累。
⑥室：家室。

窪地長著羊桃，迎風擺動著枝條。

你那樣姣好潤嫩，慶幸你沒有「知」的苦惱。

窪地長著羊桃，迎風擺動著鮮花。
你那樣姣好潤嫩，慶幸你沒有室家。

窪地長著羊桃，迎風擺動著果實。
你那樣姣好潤嫩，慶幸你沒有家室。

匪 風

題解

這是一首送夫從役的詩作。首章寫大道送別；次章寫望其遠去；末章寫別後相思。深情委婉，感人肺腑。

原詩

匪風發兮①，匪車偈兮②。
顧瞻周道③，中心怛兮④。

匪風飄兮⑤，匪車嘌兮⑥。
顧瞻周道，中心弔兮⑦。

誰能亨魚⑧？溉之釜鬵⑨。
誰將西歸⑩？懷之好音⑪。

注釋

①匪風：那風。匪，彼，那。　發：起。
②偈（ㄐㄧˋ）：揭。指車揭起軔木開始起行。
③顧瞻：回頭看望。一說遠望。　周道：大道，通道。
④怛（ㄉㄚˊ）：悲傷。

⑤飄：風吹的樣子。

⑥嘌（ㄆㄧㄠ）：飄搖不安的樣子。

⑦弔：悲傷。

⑧亨：通「烹」，煮。

⑨溉（ㄍㄞˋ）：通「乞」，給。　釜：鍋。　鬵（ㄒㄧㄣˊ）：大鍋。

⑩西歸：從西歸來。一說西去。

⑪懷：遺，帶給。

那風兒呼呼颳起，那車兒揭起車軔起行。
回頭去看那大路，心裡真悽惶！

那風兒呼呼吹起，那車兒飄搖不定。
回頭去看那大路，心裡真悲傷！

哪個人兒去烹魚？大鍋小鍋送給他。
哪個人兒西歸去？托他捎個好消息。

曹 風

蜉 蝣

題解

這首詩是對時光易逝、生命短暫的一種感嘆。蜉蝣是一種生命極其短暫的生物，朝生夕死，因此古人以其喻人生的短暫。

原詩

蜉蝣之羽①，衣裳楚楚②。
心之憂矣，於我歸處③？

蜉蝣之翼，采采衣服④。
心之憂矣，於我歸息？

蜉蝣掘閱⑤，麻衣如雪⑥。
心之憂矣，於我歸說⑦？

注釋

①蜉蝣（ㄈㄨˊ　ㄧㄡˊ）：昆蟲名。此蟲朝生暮死，生命短暫。
②楚楚：鮮明整潔的樣子。
③於我：於何。我，通「何」。
④采采：鮮明華麗的樣子。
⑤掘閱：穿穴。掘，穿。閱，通「穴」。
⑥麻衣：白布衣，這裡指蜉蝣的白羽。
⑦說：通「稅」，止息。

蜉蝣的翅膀，漂亮的衣裳。
朝生暮死心憂傷啊，
哪兒是我歸去的地方？

蜉蝣的羽翼，華麗的外衣。
朝生暮死心憂傷啊，
哪兒才能讓我安息？
蜉蝣多光澤，麻衣白似雪。
朝生暮死心憂傷啊，
哪兒才能讓我安息？

候　人

這是一首姑娘求愛詩。姑娘主動地向男子發動愛情攻勢，大膽地向他表達自己急於得到愛情的迫切心理。

彼候人兮①，何戈與祋②。
彼其之子，三百赤芾③。

維鵜在梁④，不濡其翼⑤。
彼其之子，不稱其服。

維鵜在梁，不濡其咮⑥。
彼其之子，不遂其媾⑦。

薈兮蔚兮[8]，南山朝隮[9]。
婉兮孌兮[10]，季女斯饑[11]。

注釋

①候人：掌管治安和邊境出入的官吏。
②何：同「荷」，用肩扛著。　戈、祋（ㄉㄨㄟˋ）：兵器名。
③赤芾（ㄈㄨˊ）：紅色的蔽膝，這裡指「彼其之子」的服飾。
④鵜（ㄊㄧˊ）：水鳥名。　梁：魚壩。
⑤濡：沾濕。
⑥咮（ㄓㄡˋ）：鳥嘴。
⑦遂：成。　媾（ㄍㄡˋ）：待遇。
⑧薈（ㄏㄨㄟˋ）蔚：本意是草木盛多的樣子。這裡形容雲氣濃盛的樣子。
⑨隮（ㄐㄧ）：彩虹。
⑩婉孌（ㄌㄨㄢˊ）：柔順美好的樣子。
⑪季女：少女。

詩意

那些官員們，肩扛長戈和長棍。
他們那些人呀，穿紅官服的三百個。

鵜鶘停在魚壩上，不曾沾濕牠翅膀。
他們那些人呀，哪配穿那些服裝。

鵜鶘停在魚壩上，不曾沾濕牠的嘴。
他們那些人呀，高官厚祿不般配。

滾滾雲氣盛又濃，南山早上彩虹升。
多麼柔順多美好，少女她呀這樣饑。

豳風

七月

題解

這是一首根據當時流行的農業歌謠編製而成的「月令」歌，一派古風，滿紙春氣。

原詩

七月流火[1]，九月授衣[2]。
一之日觱發[3]，二之日栗烈[4]。
無衣無褐[5]，何以卒歲[6]？
三之日於耜[7]，四之日舉趾[8]。
同我婦子[9]，饁彼南畝[10]，
田畯至喜[11]。

七月流火，九月授衣。
春日載陽[12]，有鳴倉庚[13]。
女執懿筐[14]，遵彼微行[15]。
爰求柔桑[16]。春日遲遲[17]，
采蘩祁祁[18]。
女心傷悲，殆及公子同歸[19]。

七月流火，八月萑葦[20]。
蠶月條桑[21]，取彼斧斨[22]。
以伐遠揚[23]，猗彼女桑[24]。
七月鳴鵙[25]，八月載績[26]。
載玄載黃[27]，我朱孔陽[28]，

為公子裳。

四月秀葽[29]，五月鳴蜩[30]。
八月其穫[31]，十月隕蘀[32]。
一之日於貉[33]，取彼狐狸，
為公子裘。二之日其同[34]，
載纘武功[26]。
言私其豵[36]，獻豜於公[37]。

五月斯螽動股[38]，
六月莎雞振羽[39]。
七月在野，八月在宇[40]。
九月在戶[41]，十月蟋蟀入我床下。
穹窒熏鼠[42]，塞向墐戶[43]。
嗟我婦子，曰為改歲[44]，
入此室處[45]。

六月食郁及薁[46]，
七月亨葵及菽[47]。
八月剝棗[48]，十月獲稻。
為此春酒[49]，以介眉壽[50]。
七月食瓜，八月斷壺[51]。
九月菽苴[52]，采荼薪樗[53]，
食我農夫[54]。

九月築場圃[55]，十月納禾稼[56]。
黍稷重穋[57]，禾麻菽麥[58]。
嗟我農夫，我稼既同[59]，
上入執宮功[60]。晝爾於茅[61]，
宵爾索綯[62]。

亟其乘屋[63]，其始播百穀[64]。

二之日鑿冰沖沖[65]，
三之日納於凌陰[66]。
四之日其蚤[67]，獻羔祭韭[68]。
九月肅霜[69]，十月滌場[70]。
朋酒斯饗[71]，曰殺羔羊。
躋彼公堂[72]，稱彼兕觥[73]，
萬壽無疆[74]。

①流：向下沉。　火：星宿名，即心宿，又名大火。據記載，在周時，六月黃昏，大火出現在正南方，七月則開始西沉。

②授衣：授予女工裁製冬衣的工作。

③一之日：一月之日。周曆的一月即夏曆的十一月。下面二之日、三之日，即二月之日（十二月）、三月之日（一月）。　觱（ㄅㄧˋ）發：風寒的樣子。一說寒風的聲音。

④栗烈：凜冽。

⑤褐（ㄏㄜˊ）：粗布衣。

⑥卒歲：終歲。

⑦於：往。　耜（ㄙˋ）：翻土的農具。

⑧舉趾：用鋤平土。

⑨婦子：妻子孩子。

⑩饁（ㄧㄝˋ）：送飯。

⑪田畯（ㄐㄩㄣˋ）：田官。　至喜：非常高興。

⑫載：開始。　陽：暖和。

⑬倉庚：鳥名，就是黃鶯。

⑭懿筐：深筐。

⑮微行：桑間小路。

⑯柔桑：新嫩的小桑。

⑰遲遲：舒緩，舒長。這裡指春日白天天漸漸變長而且暖和。

⑱蘩：白蒿。　祁祁（ㄑㄧˊ）：眾多的樣子。

⑲殆及：將與。

⑳萑（ㄏㄨㄢˊ）葦：蘆葦成熟。
㉑蠶月：養蠶之月。　條桑：修理桑枝。
㉒斧斨（ㄑㄧㄤ）：伐木工具。柄孔圓的是斧，方的是斨。
㉓遠揚：高高揚起的枝條。
㉔猗：通「殷」，茂盛的樣子。　女桑：小桑。
㉕鶪（ㄐㄩˊ）：伯勞鳥。
㉖載：開始。一說於是。　績：績織。
㉗玄：黑紅色。　黃：黃色。這裡指絲織品所染的顏色。
㉘朱：紅色，這裡用作動詞。　孔陽：非常鮮豔。
㉙秀葽（ㄧㄠ）：遠志結實。脲葽，植物名，今名遠志。
㉚蜩（ㄊㄧㄠˊ）：蟬。
㉛其獲：開始收穫莊稼。
㉜隕蘀（ㄊㄨㄛˋ）：樹葉落下。隕，落。蘀，落葉。
㉝貉（ㄏㄜˊ；ㄇㄛˋ）：去打貉子。貉，一種形狀像狐的獸。
㉞同：聚，會合，指聚眾狩獵。
㉟載：乃。　纘：繼續。　武功：練武之事，這裡指打獵之事。
㊱言：以，一說我。　私：個人佔有。　豵（ㄗㄨㄥ）：一歲的小豬，這裡泛指小獸。
㊲豜（ㄐㄧㄢ）：三歲的大豬。這裡泛指大獸。
㊳斯螽（ㄓㄨㄥ）：蟈蟈。　動股：開始跳動。
㊴莎（ㄕㄚ）雞：蟲名，今名紡織娘。　振羽：鼓動翅膀。
㊵宇：簷下。
㊶戶：門口。
㊷穹：通「空」。　窒：塞滿。
㊸塞向：堵住北窗。向，北窗。　墐（ㄐㄧㄣˇ）：用泥塗抹。
㊹改歲：過年。
㊺處：居住。
㊻郁：郁李。　薁（ㄩˋ）：山葡萄。
㊼亨（ㄆㄥ）：通「烹」。　葵：菜名。　菽（ㄕㄨˊ）：豆子的總稱。
㊽剝棗：打棗，收棗。剝，擊打。
㊾為：釀製。
㊿介：乞求。　眉壽：高壽。
51斷壺：摘葫蘆。斷，摘斷。壺，瓠，葫蘆。
52叔苴（ㄐㄩ）：拾取麻子。叔，拾取。苴，麻子。
53荼：苦菜。　樗（ㄕㄨ）：臭椿樹。

(54)食（ㄙˋ）：養活。　農夫：奴隸。

(55)場：打穀場。　圃：菜園。

(56)納禾稼：把穀物收入倉中。禾稼，泛指農作物。

(57)黍：米黍、黃米。　稷：穀子中的一種。　重：通「種」，先種後熟的農作物。
穋（ㄌㄨˋ）：後種先熟的農作物。

(58)禾：穀子。

(59)同：聚、集中，這裡指糧已入倉。

(60)執：操作。　宮功：修房屋之事。

(61)於茅：取茅。於，取。茅，茅草。

(62)索綯（ㄊㄠˊ）：搓繩。　綯，繩子。

(63)亟：急。　其：語助詞。　乘屋：覆蓋房屋。乘，覆蓋。

(64)其始：即將開始。

(65)沖沖：鑿冰的聲音。

(66)凌陰：冰室。

(67)蚤：通「早」。

(68)獻羔祭韭：用羔羊和韭菜祭祀。

(69)肅霜：肅爽。

(70)滌（ㄉㄧˊ）場：農事完畢。

(71)朋酒：兩樽酒。　饗：會餐。

(72)躋（ㄐㄧ）：登上。

(73)稱：舉起。　兕（ㄙˋ）觥：犀牛角杯。

(74)無疆：無窮、無邊。

詩意

七月火星向西沉，九月就把寒衣分。
冬天北風呼呼響，臘月寒氣真凜冽。
沒有粗布沒有衣，怎麼能熬到年底？
正月裡來修農具，二月裡來去耕地。
召喚老婆和孩子，送飯送到南田裡，
田官見了挺歡喜。

七月火星向西沉，九月就把寒衣分。
春日天氣暖融融，黃鶯飛來飛去鳴。

姑娘們挎著深筐，走在桑間小路上，
去採餵蠶的嫩桑。春來日子悠悠地長，
白蒿子採得真夠忙。
姑娘們心裡正悲傷，怕和那公子們一起行。

七月火星向西沉，八月蘆葦已長成。
養蠶之月去理桑，拿起圓孔斧兒方孔斨。
太長的枝條都砍光，再採茂盛的小嫩桑。
七月裡來伯勞唱，八月裡來績麻忙。
染出絲來有黑也有黃，染成紅色更鮮亮，
替那公子做衣裳。

四月裡來遠志把子結，五月裡來知了叫不歇。
八月裡來收穀子，十月裡來樹葉落。
冬月裡去打貉子，還要去捉那狐狸，
給那公子做皮衣。
臘月裡大家又聚齊，準備打獵先要練武藝。
小的野獸留給自己，大的野獸獻給公爺。

五月裡來蟈蟈彈腿響，六月裡紡織娘抖翅膀。
七月裡來蟋蟀在野外，八月裡在屋簷下。
九月裡在門口叫，十月裡往床下跑。
堵塞牆洞熏老鼠，封閉北窗塗門戶。
召喚老婆和孩子，因為要過年，
搬進屋裡來居住。

六月裡吃郁李和山葡萄，
七月裡煮葵菜和豆角類。
八月裡打棗，九月裡收稻。
釀成這些好酒，幫助老人長壽。

七月裡來吃瓜兒，八月裡來摘葫蘆。
九月裡來收麻子，摘些苦菜砍些柴，
讓咱們農夫吃個飽。

九月裡修好打穀場，十月裡把莊稼來收藏。
早穀、晚穀、黃米、高粱，
還有那禾麻稻麥滿滿裝。
咱們這些農夫呀，地裡莊稼剛收完，
又替公家來修房。
白天割茅草，晚上搓繩子。
急急忙忙蓋房屋，回頭種穀又要忙。

臘月裡，鑿冰沖沖響，
正月裡，抬冰往窖裡藏。
二月裡早早行祭禮，獻上韭菜與羔羊。
九月裡來天肅爽，十月裡農事完畢。
兩樽酒來去會餐，順便宰殺一隻羊。
登上那公爺的大堂，舉起那牛角杯兒，
道一聲：「萬壽無疆。」

鴟　鴞

題解

這是一首別具一格的禽言詩。詩篇以一隻老鳥的口吻，訴述了自己為挽救家室，為保衛子弟所付出的艱辛和擔憂。這種描寫既合於鳥的生活，又合於老臣的思想。

鴟鴞鴟鴞[①]，既取我子，
無毀我室[②]。
恩斯勤斯[③]，鬻子之閔斯[④]。

迨天之未陰雨[⑤]，徹彼桑土[⑥]，
綢繆牖戶[⑦]。
今女下民[⑧]，或敢侮予[⑨]。

予手拮据[⑩]，予所捋荼[⑪]，
予所蓄租[⑫]，予口卒瘏[⑬]，
曰予未有室家。

予羽譙譙[⑭]，予尾翛翛[⑮]。
予室翹翹[⑯]，風雨所漂搖，
予維音嘵嘵[⑰]。

①鴟鴞（ㄔ ㄒㄧㄠ）：貓頭鷹。

②室：指鳥巢。

③恩：愛撫。　勤：擔憂。　斯：語助詞。

④鬻（ㄩˋ）：通「育」，養育。　閔（ㄇㄧㄣˇ）：憂患、勞神。

⑤迨：趁著。

⑥徹：通「撤」，剝取。　桑土：桑杜，桑根。

⑦綢繆：纏繞。　牖（ㄧㄡˇ）戶：窗戶。

⑧下民：樹下之人。

⑨或：有。　侮：凌辱。　予：我。

⑩拮据：境況窘迫，尤指經濟困難而言。

⑪所：尚，還。　捋（ㄌㄜˋ）：取。

⑫蓄租：蓄積。

⑬卒瘏（ㄊㄨˊ）：疲勞的樣子。卒，通「悴」。

⑭譙譙（ㄑㄧㄠˊ）：羽毛枯黃的樣子。
⑮翛翛（ㄒㄧㄠ　ㄒㄧㄠ）：羽毛凋敝的樣子。
⑯翹翹：高而危險的樣子。
⑰嘵嘵（ㄒㄧㄠ）：驚恐的叫聲。

貓頭鷹啊貓頭鷹，是你抓走我的娃，
再別毀了我的窩。愛撫啊，擔憂啊，
累壞了自己為了把孩子養育大。

趁著老天沒下雨，銜些桑根剝些皮，
修補窗兒和門戶。
你們這些下人，可能要把我欺侮。

我的手兒已疲勞，還得採摘那茅草。
我還積攢又積攢，我的嘴兒磨壞了，
還不曾把巢兒整理好。

我的羽毛多稀少，我的尾巴已枯焦。
我的窩兒晃搖搖，雨又打來風又飄，
嚇得我呀喳喳叫。

東　山

這是一首征人還鄉歌。此詩寫征人在歸途之中，浮想聯翩。其特點在於它透過所見、所聞、所感、所想來展現具體環境經歷中的思想情感。

我徂東山[1]，慆慆不歸[2]。
我來自東，零雨其濛[3]。
我東曰歸[4]，我心西悲[5]。
制彼裳衣，勿士行枚[6]。
蜎蜎者蠋[7]，烝在桑野[8]。
敦彼獨宿[9]，亦在車下。

我徂東山，慆慆不歸。
我來自東，零雨其濛。
果臝之實[10]，亦施於宇[11]。
伊威在室[12]，蠨蛸在戶[13]。
町畽鹿場[14]，熠燿宵行[15]。
不可畏也，伊可懷也[16]。

我徂東山，慆慆不歸。
我來自東，零雨其濛。
鸛鳴於垤[17]，婦嘆於室。
灑埽穹窒，我征聿至[18]。
有敦瓜苦[19]，烝在栗薪[20]。
自我不見，於今三年。

我徂東山，慆慆不歸。
我來自東，零雨其濛。
倉庚於飛，熠燿其羽。
之子於歸[21]，皇駁其馬[22]。
親結其縭[23]，九十其儀[24]。
其新孔嘉[25]，其舊如之何[26]？

①徂（ㄘㄨˊ）：往，到。　東山：指出征之地。
②慆慆（ㄊㄠ）：通「滔滔」，這裡形容時間長久。
③零雨：下雨。零，下。
④曰：同聿，乃。
⑤西悲：向西而悲。
⑥勿士行枚：不再從事征戰。士，通「事」，從事。行枚，指征戰。
⑦蜎蜎（ㄩㄢ）：捲曲的樣子。　蠋（ㄓㄨˊ）：蠶。
⑧烝（ㄓㄥ）：久。
⑨敦：團團，臥居的樣子。
⑩果臝（ㄌㄨㄛˇ）：又名瓜蔞（ㄌㄡˊ），蔓生植物。
⑪施（ㄧˋ）：蔓延。
⑫伊威：蟲名，又叫鼠婦。
⑬蠨蛸（ㄒㄧㄠ ㄒㄧㄠ）：長腿蜘蛛。
⑭町畽（ㄉㄧㄥ ㄊㄨㄢˇ）：田地。
⑮熠耀（ㄧˋ ㄧㄠˋ）：閃亮的樣子。　宵行：一種螢火蟲。
⑯伊：維。　懷：傷。
⑰鸛（ㄍㄨㄢˋ）：水鳥名，俗名老鸛。　垤（ㄉㄧㄝˊ）：螞蟻小土堆。
⑱征：行。　聿（ㄩˋ）：曰，將。
⑲敦：瓜一個一個的樣子。　瓜苦：瓜瓠。古人結婚行合巹之禮，就是以一瓠分作兩瓢，夫婦各執一瓢盛酒漱口。這裡的「瓜苦」似指合巹（ㄐㄧㄣˇ）的匏。
⑳栗薪：列薪，用木枝搭起的木架。
㉑之子：指妻子。　於歸：出嫁。
㉒皇：黃白色。　駁：赤白色。
㉓結縭（ㄌㄧˊ）：將佩巾結在帶上。古俗嫁女時母親為女兒結縭。
㉔九十其儀：指同時歸來的許多青年人都找到了對象。
㉕孔嘉：很好。
㉖其舊：指夫妻重逢。

自從遠征到東山，漫漫歲月沒歸還。
今天我從東方回，毛毛細雨好迷濛。

身在東方將回鄉，想起西方心悲傷。
製好家常的衣裳，從此不再穿軍裝。
屈曲蠕動的蠶兒，久久爬行在桑野。
那團團獨睡的人兒，蜷縮在兵車的下邊。

自從遠征到東山，漫漫歲月沒歸還。
今天我從東方回，毛毛細雨好迷蒙。
瓜蔞藤長果實大，蔓延在那屋簷下。
鼠婦在屋裡走，長腿蜘蛛把網結在門口。
家園荒涼真可怕，叫人多麼傷悲呀。

自從遠征到東山，漫漫歲月沒歸還。
今天我從東邊回，毛毛細雨好迷濛。
土堆老鸛不停喚，家中妻子唉聲嘆。
快把屋子收拾好，行人離家已不遠。
那葫蘆呀一個個，擱放在那柴堆上。
自從我們不見面，至今整整有三年。

自從遠征到東山，漫漫歲月沒歸還。
今天我從東邊回，毛毛細雨好迷濛。
飛來飛去黃鶯忙，翅兒閃閃映太陽。
姑娘過門做新娘，馬兒有紅也有黃。
母親為她結佩巾，許多同伴都找了對象。
新婚時節真美好，久別重逢可喜歡？

伐柯

這是一首婚禮謝媒歌。在新婚宴會上，男子一方面感謝媒人的撮合，一方面設宴慶祝新婚。

伐柯如何①？匪斧不克②。
取妻如何③？匪媒不得。

伐柯伐柯，其則不遠④。
我遘之子⑤，籩豆有踐⑥。

①伐：砍伐。　柯：斧柄。
②克：能。
③取妻：即娶妻。
④則：法則、規格。
⑤遘（ㄍㄡˋ）：遇見。
⑥籩（ㄅㄧㄢ）豆：古代盛肉食的餐具。　踐：陳列整齊的樣子。

用什麼來砍斧柄？沒有斧頭可不能。
想要娶妻靠何人？沒有媒人可不行。

砍斧柄呀砍斧柄，它的榜樣就不遠。
我遇見的這個人，婚宴慶賀禮節全。

狼跋

這是一首嘲弄光靠嘴巴貴族的詩。嘲弄他是拔了鬍子斷了尾巴的狼，即便挺著大肚皮，穿著高貴的鞋子，但他的本質並沒有變。

狼跋其胡①，載疐其尾②。
公孫碩膚③，赤舄幾幾④。

狼疐其尾，載跋其胡。
公孫碩膚，德音不瑕⑤。

①跋：踩。　胡：頸下垂肉。
②載：且。　疐（ㄓˋ）：斷。
③公孫：國君子孫，貴族子弟。　碩：大肚子。
④赤舄（ㄒㄧˋ）：貴族所穿的紅色的鞋。　幾幾：鞋尖翹起挺直的樣子。
⑤德音：聲譽、名聲。　不瑕：不差。

老狼踩胡皮耷拉，屁股後面禿尾巴。
公孫挺個大肚皮，腳上紅鞋頂呱呱。

老狼斷成禿尾巴，踩著脖子底下皮耷（ㄉㄚ）拉。
公孫挺個大肚皮，你的聲譽真不差！

小雅

鹿鳴

題解

這是一首貴族宴賓歌。主人之樂，在於與有賢才令德的「嘉賓」相聚。

原詩

呦呦鹿鳴[①]，食野之苹[②]。
我有嘉賓[③]，鼓瑟吹笙[④]。
吹笙鼓簧[⑤]，承筐是將[⑥]。
人之好我[⑦]，示我周行[⑧]。

呦呦鹿鳴，食野之蒿[⑨]。
我有嘉賓，德音孔昭[⑩]。
視民不恌[⑪]，君子是則是效[⑫]。
我有旨酒[⑬]，嘉賓式燕以敖[⑭]。

呦呦鹿鳴，食野之芩[⑮]。
我有嘉賓，鼓瑟鼓琴。
鼓瑟鼓琴，和樂且湛[⑯]。
我有旨酒，以燕樂嘉賓之心。

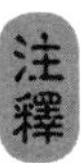

注釋

①呦呦（ㄧㄡ）：鹿鳴聲。

②苹：草名，又名藾蕭，同「萍」，藾（ㄌㄞˋ）蒿。

③嘉賓：貴客。

④鼓：彈奏。　瑟：一種絃樂器。　笙：一種管樂器。
⑤簧：笙中的舌片。
⑥承：奉，捧。　將：送。
⑦好我：喜歡我。
⑧示：告，指示。　周行：大道。
⑨蒿：蒿草。
⑩德音：善言。　孔昭：很明。
⑪視：示。　恌（ㄊㄧㄠ）：輕薄、不厚道。
⑫則：法則。　效：效法。
⑬旨酒：美酒。
⑭式：語助詞。　燕：宴會、宴飲。　敖：樂。
⑮芩（ㄑㄧㄣˊ）：草名。
⑯和樂：和好歡樂。　湛（ㄉㄢ）：歡樂得很。

呦呦地鹿兒鳴叫，吃著野地的苹草。
我的貴賓都很好，又彈瑟啊又吹笙。
吹起笙來奏起簧，把一筐幣帛都捧上。
人們啊與我友善，指示我向大路行。

呦呦地鹿兒鳴叫，吃著野地的青蒿。
我的貴賓都很好，說的話兒真精妙。
教給人們要厚道，貴族向他們學習和仿效。
我有美酒，貴賓們飲著樂陶陶。

呦呦地鹿兒鳴叫，吃著野地的芩草。
我的貴賓都很好，奏起瑟來彈起琴。
彈起琴來奏起瑟，樂得大家都盡興。
我有美酒，用來安慰客人們的心。

常棣

題解

這是一首寫兄弟宴飲之樂的詩。全詩從多角度、多側面寫出兄弟之間的手足情深，畢竟是血濃於水。

常棣之華[1]，鄂不韡韡[2]。
凡今之人，莫如兄弟。

死喪之威[3]，兄弟孔懷[4]。
原隰裒矣[5]，兄弟求矣。

脊令在原[6]，兄弟急難[7]。
每有良朋[8]，況也永嘆[9]。

兄弟鬩於牆[10]，外禦其務[11]。
每有良朋，烝也無戎[12]。

喪亂既平[13]，既安且寧。
雖有兄弟，不如友生[14]。

儐爾籩豆[15]，飲酒之飫[16]。
兄弟既具[17]，和樂且孺[18]。

妻子好合[19]，如鼓瑟琴。
兄弟既翕[20]，和樂且湛[21]。

宜爾室家，樂爾妻帑[22]。

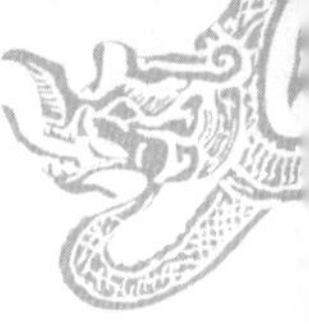

是究是圖[23]，亶其然乎[24]？

①常棣（ㄉㄧˋ）：一作「棠棣」，木名，就是現在的郁李。
②鄂：通「萼」，即花萼。　韡（ㄨㄟˇ）：光明的樣子。
③威：通「畏」，指死喪可畏之事。
④孔懷：十分懷念。
⑤裒（ㄆㄡˊ）：跌倒，倒斃。
⑥脊令（ㄐㄧˇ　ㄌㄧㄥˋ）：就是鶺鴒鳥名。一種水鳥。飛翔時相互共鳴、共擺尾。
⑦急難：救急於危難。急，搶救。難，患難。
⑧每有：雖有。
⑨況：貺，給予。　永嘆：長嘆。
⑩鬩（ㄒㄧˋ）：爭鬥。　牆：屋牆，指代家中。
⑪禦：抵抗。　務（ㄨˋ）：通「侮」，外侮。
⑫烝（ㄓㄥ）：眾。　戎：說明。
⑬喪亂：死喪禍亂。
⑭友生：友人，友好的異姓。生通「姓」。
⑮儐（ㄅㄧㄣ）：陳列。　籩（ㄅㄧㄢ）豆：古代祭祀或宴饗時盛果品的器皿。
⑯之：是。　飫（ㄩˋ）：私宴，家族中舉行的宴會。
⑰具：俱，這裡指兄弟全到場。
⑱孺：愉、樂。
⑲妻子：妻子和孩子。　好合：關係融洽。
⑳翕（ㄒㄧˋ）：會聚。
㉑湛（ㄉㄢ）：歡樂得很。
㉒妻帑（ㄋㄨˊ）：妻子和孩子。
㉓究：深思。　圖：考慮。
㉔亶（ㄉㄢˇ）其然乎：確實這樣。亶，確實。然，如此。

常棣的花兒很美麗，週邊的花萼不鮮豔。
如今人們的關係，不能和親兄弟相比擬。

人怕見到死亡的恐怖，而死亡使兄弟更加關心。

即使在堆滿死屍的原野，兄弟也會尋找親人。

鶺鴒鳥在高原上長鳴，兄弟能救急於危難。
雖有朋友情義相投，到那時只送來一聲長嘆。

兄弟在家裡打鬧不休，但有外侮還會攜手。
雖有朋友情義相投，到那時再多也不能相救。

喪亡禍亂統統平定，生活恢復平靜安寧。
以為即使兄弟骨肉親，不如朋友的重義深情。

把你的餐具列好擺開，在家飲酒飲個痛快。
兄弟們大家一起來，多麼快樂啊多麼親和。

妻子孩子情真意深，如同那琴瑟在和鳴。
兄弟相處多麼和睦，快樂啊真是沒窮盡。

你的家庭多麼美好，妻子兒女樂陶陶。
既能遠慮又能深謀，真的就是這樣的嘍！

伐木

這是一首朋友故舊宴樂歌。它強調朋友之誼，以表達朋友相會之樂。勸慰人們廣交朋友，善待親戚。

伐木丁丁①，鳥鳴嚶嚶②。

出自幽谷[3]，遷於喬木[4]。
嚶其鳴矣，求其友聲。
相彼鳥矣[5]，猶求友聲。
矧伊人矣[6]，不求友生。
神之聽之[7]，終和且平。

伐木許許[8]，釃酒有藇[9]。
既有肥羜[10]，以速諸父[11]。
寧適不來[12]，微我弗顧[13]。

於粲灑埽[14]，陳饋八簋[15]。
既有肥牡[16]，以速諸舅[17]。
寧適不來，微我有咎[18]。

伐木於阪[19]，釃酒有衍[20]。
籩豆有踐[21]，兄弟無遠[22]。
民之失德[23]，乾餱以愆[24]。
有酒湑我[25]，無酒酤我[26]。
坎坎鼓我[27]，蹲蹲舞我[28]。
迨我暇矣[29]，飲此湑矣。

①丁丁：伐木的聲音。
②嚶嚶（ㄧㄥ）：鳥鳴叫的聲音。
③幽谷：深谷。
④遷：高遷。
⑤相：察看。
⑥矧（ㄕㄣˇ）：何況。　伊人：是人。
⑦神：謹慎。　聽：聽從。
⑧許許（ㄏㄨˇ　ㄏㄨˇ）：鋸木的聲音。
⑨釃（ㄕ）酒：濾酒。

⑩羜（ㄓㄨˋ）：羊羔，嫩羊。
⑪速：召，邀請。　諸父：同姓長輩。
⑫寧：或。　適：偶爾。
⑬微：勿。
⑭於：發語詞。　粲：鮮明，引申為乾淨整潔。
⑮陳饋（ㄎㄨㄟˋ）：陳設食物。陳，擺開。饋，食物。　八簋（ㄍㄨㄟˇ）：指盛隆的宴會。
⑯牡：公獸，這裡指公羊。
⑰諸舅：異姓長輩。
⑱咎：過錯。
⑲阪：山坡。
⑳有衍：衍衍，形容盛酒滿杯外溢的樣子。
㉑踐：陳列的樣子。
㉒兄弟：指同輩親友。　無遠：不疏遠，都在場。
㉓民：人。　失德：不講交情。
㉔乾餱（ㄏㄡˊ）：乾糧。　以：有。　愆（ㄑㄧㄢ）：過錯。
㉕湑（ㄒㄩˇ）：用茅草過濾酒。
㉖酤（ㄍㄨ）：一宿即熟的酒。一說買酒。
㉗坎坎：作節拍的鼓樂聲。
㉘蹲蹲：跳舞的樣子。
㉙迨：趁。　暇：空閒。

丁丁是那伐木聲，嚶嚶是那鳥兒鳴。
鳥兒從深谷飛出，遷居高高的樹木。
嚶嚶的鳥鳴呀，等它同伴的應和。
看那些鳥兒呀，還等同伴的應和。
何況是人呀，怎能不要友朋？
細細品味求友的道理，你就既和樂又安寧。

許許是那鋸木聲，醇酒呀，真甘美。
有了肥嫩的小羊，去請那同姓尊長。
他們偶爾不來，並非我不顧及。

啊，灑掃得真乾淨，八大圓盤全擺上。
有了肥美的公羊，去請那異姓尊長。
他們偶爾不來，並非我不周到。

伐木在那山坡上，盛滿醇酒往外溢。
餐具行行擺得好，兄弟個個都聚齊。
人們呀不講交情，為爭乾糧生閒氣。
有清酒就把清酒飲，沒清酒濁酒也能行。
我們咚咚來敲鼓，我們翩翩又起舞。
趁著我們有空閒，快把這美酒都乾了。

采 薇

題解

這是一首戍卒返鄉歌。將征人思家忍苦的情感放在對景物的描寫及對軍旅生活的述說中來表現，是其最突出的藝術特色。

原詩

采薇采薇①，薇亦作止②。
曰歸曰歸，歲亦莫止③。
靡室靡家，玁狁之故④。
不遑啟居⑤，玁狁之故。

采薇采薇，薇亦柔止⑥。
曰歸曰歸，心亦憂止。
憂心烈烈⑦，載饑載渴。
我戍未定⑧，靡使歸聘⑨。

采薇采薇，薇亦剛止[10]。
曰歸曰歸，歲亦陽止[11]。
王事靡盬[12]，不遑啟處。
憂心孔疚[13]，我行不來[14]。

彼爾維何[15]？維常之華[16]。
彼路斯何[17]？君子之車。
戎車既駕[18]，四牡業業[19]。
豈敢安居，一月三捷[20]。

駕彼四牡，四牡騤騤。
君子所依[22]，小人所腓[23]。
四牡翼翼[24]，象弭魚服[25]。
豈不日戒[26]？玁狁孔棘[27]。

昔我往矣，楊柳依依[28]。
今我來思，雨雪霏霏[29]。
行道遲遲[30]，載渴載饑。
我心傷悲，莫知我哀。

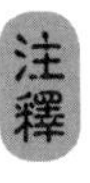

①薇：野菜名，又名野豌豆。

②作：長出來。　止：語助詞。

③莫：通「暮」。歲暮，歲末。

④玁狁（ㄒㄧㄢˇ　ㄩㄣˇ）：北方少數民族名，即後來的匈奴。

⑤不遑啟居：無暇休息。

⑥柔：幼苗始生時的柔弱狀態。

⑦烈烈：形容憂心如焚的樣子。

⑧戍：駐守。

⑨靡使歸聘：沒有使者帶去我的平安家信。使，使者。聘，問候。

⑩剛：剛硬，指薇菜莖葉變硬。
⑪陽：天暖。
⑫靡盬（ㄍㄨˇ）：沒有休止。
⑬孔疚：非常痛苦。
⑭來：戾，定止。
⑮爾：花盛開的樣子。
⑯維常之華：為棠樹之花。常，通「棠」。華，通「花」。
⑰彼路斯何：那高大的是什麼。路，高大的樣子。斯，語助詞。
⑱戎車：兵車。
⑲業業：馬高大雄壯的樣子。
⑳捷：通「接」，接戰，交鋒。
㉑騤騤（ㄎㄨㄟˊ）：馬強壯的樣子。
㉒依：憑依，指乘車。
㉓腓（ㄈㄟˊ）：隱蔽。斐
㉔翼翼：步伐整齊的樣子，這裡是說戰車訓練有素。
㉕象弭：兩端有象骨裝飾的弓。弭，弓的兩端。　魚服：用沙魚皮做的箭袋。服，通「箙」，放箭的器物。
㉖日戒：日日戒備。戒，警惕。
㉗棘（ㄐㄧˊ）：急，指敵情緊急。
㉘楊柳：蒲柳。　依依：楊柳茂盛柔長，隨風飄動的樣子。
㉙雨雪：下雪。　霏霏：雪花紛紛揚揚的樣子。
㉚行道遲遲：征程長遠。行道，道路。遲遲，長遠的樣子。

采薇菜、采薇菜，薇菜冒出小芽芽。
說回家、說回家，轉眼到了年底啦。
沒有室呀沒有家，為著抵禦玁狁呀。
哪有空兒歇一下，為著抵禦玁狁呀。

采薇菜、采薇菜，薇菜長得多鮮嫩。
說回家、說回家，心裡覺得多愁悶。
心裡憂悶如火焚，饑餓難捱渴難忍。
我的駐地不固定，去哪找人捎家信。

采薇菜、采薇菜，薇菜莖幹剛又硬。
說回家、說回家，天氣變得暖和了。
王室差事沒休止，哪有空兒坐一下。
我的心情很痛苦，我的出征何時了。

那邊盛開什麼花？還不是常棣的花。
誰的車兒這麼大？還不是將帥的車。
兵車已經駕起來，四匹公馬多健壯。
哪敢安然來住下？一月打了多次仗。

將公馬駕起四匹，四匹公馬多神氣。
將帥們坐在車上，士兵們靠它隱蔽。
四匹公馬多整齊，魚皮箭囊象牙弭。
哪敢不天天警戒？玁狁進攻很緊急。

想起我出征時光，蒲柳啊輕輕飄蕩。
而今我重返家鄉，雪兒啊紛紛飄揚。
路兒呀這麼漫長，饑餓難捱渴難當。
我的心裡真悲涼，誰知道我的哀傷？

出　車

這是一首出征將領凱旋所作的詩。詩在一定程度上是為歌頌同僚南仲而作，但也把自己的心情感受帶了出來。

我出我車，於彼牧矣[1]。
自天子所，謂我來矣[2]。
召彼僕夫[3]，謂之載矣。
王事多難，維其棘矣[4]。

我出我車，於彼郊矣。
設此旐矣[5]，建彼旄矣[6]。
彼旟旐斯[7]，胡不旆旆[8]？
憂心悄悄，僕夫況瘁[9]。

王命南仲[10]，往城于方[11]。
出車彭彭[12]，旂旐央央[13]。
天子命我，城彼朔方[14]。
赫赫南仲[15]，玁狁於襄[16]。

昔我往矣，黍稷方華[17]。
今我來思，雨雪載塗[18]。
王事多難，不遑啟居[19]。
豈不懷歸，畏此簡書[20]。

喓喓草蟲[21]，趯趯阜螽[22]。
未見君子，憂心忡忡[23]。
既見君子，我心則降[24]。
赫赫南仲，薄伐西戎[25]。

春日遲遲[26]，卉木萋萋[27]。
倉庚喈喈[28]，采蘩祁祁[29]。
執訊獲醜[30]，薄言還歸。

赫赫南仲，玁狁於夷[31]。

①牧：指郊外可放牧的地方。

②謂：使，派遣。

③僕夫：車夫。

④維：發語詞。　其：指王事。　棘：急，指情勢緊急。

⑤旐（ㄓㄠˋ）：繪有龜蛇圖案的旗。

⑥旄（ㄇㄠˊ）：裝飾著羽毛的旗。

⑦旟（ㄩˊ）：繪有鷹隼圖案的旗。　斯：語助詞。

⑧旆旆（ㄆㄟˋ）：形容旗幟盛多的樣子。

⑨況瘁（ㄘㄨㄟˋ）：沒有精神、憔悴無力的樣子。

⑩南仲：宣王時的大將。

⑪城：築城。　于方：地名。

⑫彭彭：眾盛的樣子。

⑬旂（ㄑㄧˊ）：繪有雙龍圖案並且有鈴的旗。　央央：鮮明的樣子。

⑭朔方：北方。

⑮赫赫：形容聲名顯赫。

⑯襄（ㄒㄧㄤ）：通「攘」，除。玁狁（ㄒㄧㄢˇ　ㄩㄣˇ）：匈奴

⑰方：正。　華：開花。

⑱載塗：滿路。塗，通「途」，道路。

⑲不遑啟居：無暇休息。

⑳簡書：寫在竹簡上的文書，指周王的命令。

㉑喓（ㄧㄠ）：蟲鳴聲。

㉒趯趯（ㄊㄧˋ）：跳躍的樣子。螽（ㄓㄨㄥ）：古代蝗蟲一類的害蟲。

㉓忡（ㄔㄨㄥ）忡：心憂愁不安的樣子。

㉔降：放下。

㉕薄伐：猛擊、討伐。薄同搏。

㉖遲遲：舒緩的樣子。

㉗卉木：草木。

㉘倉庚：鳥名，黃鶯。　喈喈（ㄐㄧㄝ）：鳥鳴聲。

㉙祁祁：眾多的樣子。

㉚執：捕獲。　訊：審問。

㉛夷：平定。

開出我的兵車，走向那邊牧地。
從朝廷那出發，奉命來到這裡。
召喚那個車夫，命他駕車出發。
國家患難重重，這時已經緊急。

開出我的兵車，走向那邊郊野。
擺開龜蛇旗幟，立起羽飾旗杆。
那鷹隼旗、龜蛇旗，為何不夠多？
我心裡很不安，車夫累得慘。

天子命令南仲，去到于方築城。
車馬浩浩蕩蕩，旌旗一片輝煌。
天子命令我們，去到北方築城。
南仲威風凜凜，掃蕩那邊匈奴。

當初從軍打仗，黍稷花正開放。
如今重返家園，雪花飄滿歸程。
國家患難重重，哪有空兒閒下。
難道不想回家？擔心文書告急。

草蟲在嘤嘤叫，蚱蜢在蹦蹦跳。
沒見到那人兒，心裡憂愁不安。
見到了那人兒，我的心才放下。
南仲威風凜凜，要去征討西戎。

春天日子長長，草木長得茁壯。
黃鶯到處歌唱，採蘩人那麼多。
捕獲審問俘虜，凱旋回到家鄉。

南仲威風凜凜，平定那邊匈奴。

杕　杜

這是一首閨婦思念久役不歸的丈夫之詩。其中前三章每開頭兩句，以物起興，同時點出節候，頗似後世的四季相思歌。

有杕之杜①，有睆其實②。
王事靡盬，繼嗣我日③。
日月陽止④，女心傷止，
征夫遑止⑤。

有杕之杜，其葉萋萋。
王事靡盬，我心傷悲。
卉木萋止，女心悲止，
征夫歸止。

陟彼北山，言采其杞。
王事靡盬，憂我父母。
檀車幝幝⑥，四牡痯痯⑦，
征夫不遠。

匪載匪來⑧，憂心孔疚。
期逝不至⑨，而多為恤⑩。
卜筮偕止⑪，會言近止⑫，
征夫邇止。

①杕（ㄉㄧˋ）杜：獨生的棠樹。

②有睆（ㄏㄨㄢˇ）：睆睆，果實眾多的樣子。

③繼嗣我日：繼續延長行役的時間。嗣，續。

④陽：天氣漸漸變暖。

⑤遑：閒暇。萋萋（ㄑㄧ）：草木繁盛的樣子

⑥檀車：用檀木做的行役之車。　幝幝（ㄔㄢˇ）：破敝的樣子。

⑦痯痯（ㄍㄨㄢˇ）：疲憊沒有精神的樣子。

⑧匪載匪來：那車不來。第一個「匪」通「彼」，第二個「匪」通「非」。載，車。

⑨期逝不至：過期不來。逝，往。至，來。

⑩而多為恤：讓我憂傷。恤，憂。

⑪卜筮偕止：多種方式占卜過。卜，龜占。筮，蓍草占。偕，俱，都。

⑫會言近止：綜合卜筮的話，都說征夫已近。

孤零零的棠梨樹，多又多的棠梨果。
公家差事沒窮盡，還家日期拖又拖。
天氣變得暖和了，妻子心裡正悲傷，
行人應該閒下了。

孤零零的棠梨樹，密又密的棠梨葉。
公家差事沒完了，我的心裡真悲涼。
千花萬草都盛旺，妻子心裡正悲傷，
行人應該回來了。

登上那邊的北山，去把那些枸杞採。
公家差事沒休止，讓我爹娘常掛牽。
檀木車兒破破爛，四匹公馬已疲乏，
行人應該不遠啦。

那車兒久久沒回來，我的心裡真悲哀。
歸期已過人未回，千憂百慮真難排。
各種方式占卜過，都說近期你會還，
行人應該到家了。

鴻　雁

這是一首使者承命安撫流民之歌。首章哀嘆流民的無家可歸；二章寫安民之事；三章寫流民不理解自己苦衷的煩惱。

鴻雁於飛①，肅肅其羽②。
之子於征③，劬勞於野④。
爰及矜人⑤，哀此鰥寡⑥。

鴻雁於飛，集於中澤⑦。
之子於垣⑧，百堵皆作⑨。
雖則劬勞，其究安宅⑩？

鴻雁於飛，哀鳴嗷嗷⑪。
維此哲人⑫，謂我劬勞。
維彼愚人，謂我宣驕⑬。

①鴻雁：候鳥名，大的叫鴻，小的叫雁，通稱鴻雁。
②肅肅：鳥兒拍打翅膀的聲音。
③之子：此人，指服役者。　征：遠行。
④劬（ㄑㄩˊ）勞：勞苦。

⑤矜（ㄐㄧㄣ）人：窮苦的人。
⑥鰥（ㄍㄨㄢ）寡：光棍和寡婦。鰥，老而無妻的人。寡，失夫的人。
⑦中澤：澤中。
⑧於垣（ㄩㄢˊ）：為垣，築牆。於，為。
⑨堵：計算牆的單位。　作：建起。
⑩究：究竟。　安宅：何處居住。
⑪嗷嗷：哀鳴聲。
⑫哲人：明智達理的人。
⑬宣驕：驕傲。

詩意

雁兒飛呀飛，兩翅沙沙響。
那人出門去，郊外苦盡嘗。
這些受苦人，可憐鰥和寡。

雁兒飛呀飛，落在沼澤裡。
那人去築牆，百丈都築起。
吃盡了辛苦，哪有安身地？

雁兒飛呀飛，嗷嗷悲鳴聲。
這些明理人，知我真艱辛。
那些糊塗蟲，說我不安分。

鶴　鳴

題解

這首詩像一篇「小園賦」，寫的是小園風光。此詩可視為中國田園山水詩的先河。

鶴鳴於九皋[①]，聲聞於野。
魚潛在淵，或在於渚[②]。
樂彼之園，爰有樹檀[③]，
其下維蘀[④]。
他山之石，可以為錯[⑤]。

鶴鳴於九皋，聲聞於天。
魚在於渚，或潛在淵。
樂彼之園，爰有樹檀，
其下維穀[⑥]。
他山之石，可以攻玉。

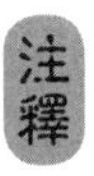

①鶴：水鳥，古代多用來比喻高隱之士。　九皋（ㄍㄠ）：幽深曲折的水澤。
②渚：水中小洲。
③樹檀：檀樹。
④蘀（ㄊㄨㄛˋ）：落葉。
⑤錯：通「厝」，可以治玉的硬質石。
⑥穀（ㄍㄨˇ）：樹名，又叫楮（ㄔㄨˇ），樹皮可以造紙。

鶴兒鳴叫在水澤裡，聲音響徹了曠野。
魚兒藏在深水裡，或者遊在淺水裡。
可喜的是那園子，檀樹長得滿滿，
樹下黃葉落滿地。
其他山上的石兒，可以用它來攻玉。

鶴兒鳴叫在水澤裡，聲音彌漫到天際。

魚兒游在淺水裡，或者藏在深水裡。
可喜的是那園子，檀樹長得多多，
樹下楮皮落滿地。
其他山上的石兒，可以用它來琢玉。

白駒

題解

這是一首留客懷人詩。前三章挽留客人，第四章望客惠賜音信。

原詩

皎皎白駒①，食我場苗。
縶之維之②，以永今朝。
所謂伊人，於焉逍遙。

皎皎白駒，食我場藿③。
縶之維之，以永今夕。
所謂伊人，於焉嘉賓。

皎皎白駒，賁然來思④。
爾公爾侯，逸豫無期⑤。
慎爾優遊，勉爾遁思⑥。

皎皎白駒，在彼空谷。
生芻一束⑦，其人如玉。
毋金玉爾音⑧，而有遐心⑨。

①皎皎：潔白有光澤的樣子。

②縶（ㄓˊ）：絆，拴住馬足。　維：繫，拴住。

③場藿（ㄏㄨㄛˋ）：牧場的豆苗。

④賁（ㄅㄣ）然：奔然，馬急馳的樣子。

⑤逸豫：安樂。　無期：無窮極。

⑥勉爾遁思：勸他打消逃避的想法。勉，通「免」，勸止的意思。

⑦生芻（ㄔㄨˊ）：餵牲口的青草。

⑧金玉：用為動詞，珍重愛惜。　音：音訊。

⑨遐心：遠去的心。

白白的小馬兒，吃我牧場的青苗。
拴住牠啊繫住牠，度過歡樂的今朝。
那人兒呀那人兒，在這兒呀逍遙。

白白的小馬兒，吃我牧場的豆苗。
拴住牠啊繫住牠，度過歡樂的今宵。
那人兒呀那人兒，在這兒呀做客。

白白的小馬兒，急馳著來到這裡。
為公為侯真高貴，多麼安逸無盡期。
不要過分悠閒，勸你不要輕易離去。

白白的小馬兒，在那深山大谷中。
割下一捆青草，那人品格多美好。
別忘了給我把信捎，別有了疏遠我的心。

黃 鳥

這是一首異國懷鄉詩。詩以驅黃鳥的咒語起興，表現出對「此邦之人」的仇恨。

黃鳥黃鳥①，無集於穀②，
無啄我粟③。
此邦之人，不我肯穀④。
言旋言歸⑤，復我邦族⑥。

黃鳥黃鳥，無集於桑，
無啄我粱。
此邦之人，不可與明⑦。
言旋言歸，復我諸兄⑧。

黃鳥黃鳥，無集於栩⑨，
無啄我黍⑩。
此邦之人，不可與處⑪。
言旋言歸，復我諸父⑫。

①黃鳥：黃雀。喜吃糧食，於農業危害較大。
②穀（ㄍㄨˇ）：楮（ㄔㄨˇ）樹。
③粟：穀子，去糠後叫「小米」。
④不我肯穀：不肯穀我，不肯善待我。穀，善待。
⑤旋言歸：即還歸。言，語助詞，相當於「乃」。旋，還。
⑥復我邦族：返回我的邦國家族。復，返回。
⑦明：通「盟」，這裡指信用，結盟的意思。
⑧諸兄：邦族中諸位同輩。

⑨栩（ㄒㄩˇ）：橡樹。
⑩黍：黍子，去皮後叫黃米。
⑪與處：共處、相處。
⑫諸父：族中長輩即伯、叔的總稱。

黃鳥呀黃鳥，不要聚在楮樹上。
不要啄光我的粟米。
這個地方的人呀，不肯把我養。
回去呀，回去呀，回到我的家鄉。

黃鳥呀黃鳥，不要聚在桑樹上，
不要啄光我的高粱。
這個地方的人呀，不把道理講。
回去呀，回去呀，回到哥哥身旁。

黃鳥呀黃鳥，不要聚在橡樹上。
不要啄光我的黍米。
這個地方的人呀，相處不能長。
回去呀，回去呀，回到長輩身旁。

無　羊

這是一篇賀王室畜牧蕃盛的詩。詩篇善於狀物，可謂「詩中有畫」。

誰謂爾無羊？三百維群①。
誰謂爾無牛？九十其犉②。

爾羊來思，其角濈濈[③]。
爾牛來思，其耳濕濕[④]。

或降於阿[⑤]，或飲於池。
或寢或訛[⑥]，爾牧來思[⑦]。
何蓑何笠[⑧]，或負其餱[⑨]。
三十維物[⑩]，爾牲則具[⑪]。

爾牧來思，以薪以蒸[⑫]，
以雌以雄。爾羊來思，
矜矜兢兢[⑬]，不騫不崩[⑭]。
麾之以肱[⑮]，畢來既升[⑯]。

牧人乃夢，眾維魚矣[⑰]，
旐維旟矣[⑱]。大人占之：
眾維魚矣，實維豐年。
旐維旟矣，室家溱溱[⑲]。

①三百維群：三百隻羊為一群。維，為。
②犉（ㄖㄨㄣˊ）：黃牛黑唇叫犉。一說高七尺的牛。
③濈濈（ㄐㄧˊ）：羊角聚集的樣子。
④濕：牛耳扇動的樣子。
⑤或降於阿：有的下了山坡。或，有的。
⑥訛（ㄜˊ）：動。
⑦牧：牧人。
⑧何蓑何笠：披戴著蓑衣與斗笠。何，通「荷」，本義是擔負，引申為披戴。
⑨餱（ㄏㄡˊ）：乾糧。
⑩三十維物：牲畜毛色多種多樣。物，指雜色牛。
⑪爾牲則具：指牲畜很多，足夠用於各種祭祀。具，具備。
⑫以：用。　薪、蒸：都是燒柴，粗的叫薪，細的叫蒸。
⑬矜矜兢兢：形容羊群擁擁擠擠、恐怕失群的樣子。

⑭不騫（ㄑㄧㄢ）不崩：羊馴謹相隨，沒有走失的擔憂。騫，虧損，指羊零星走失。崩，指羊群驚散。
⑮麾（ㄏㄨㄟ）之以肱（ㄍㄨㄥ）：用手臂指揮羊群。麾，通「揮」，揮動。肱，手臂。
⑯畢來既升：全都乖乖上山。畢，全。既，盡。
⑰眾：蝗蟲。
⑱旐（ㄓㄠˋ）：畫有龜蛇的旗。　旟（ㄩˊ）：畫有鷹隼的旗。
⑲溱溱（ㄓㄣ）：通「蓁蓁」，昌盛的樣子。

誰說你沒有羊？一群就有三百隻。
誰說你沒有牛？高大的就有九十頭。
你的羊群走來了，尖尖的角兒密集集。
你的牛群走來了，耳朵閃閃搖不已。

有的跳著下山坡，有的池中去喝水。
有的遊戲有的睡，你的牧人走來了。
身披蓑衣頂斗笠，或把乾糧揹在背。
牛羊毛色三十種，何愁牲祭不齊備。

你的牧人走來了，粗草嫩草和著餵。
又把雌雄來交配。你的羊群走來了，
擁擁擠擠往前趕，不撒野來不亂竄。
牧人舉臂一招手，齊都乖乖進了牢。

牧官做夢好稀奇，夢中見到大群魚，
還有一面鷹隼旗。圓夢先生說凶吉：
夢中見到大群魚，來年豐收可預期！
夢見一面鷹隼旗，添子增孫毫無疑。

節南山

這是一首諷刺執政大臣尹氏任用小人之詩。當作於平王東遷之後。

節彼南山①，維石岩岩②。
赫赫師尹③，民具爾瞻④。
憂心如惔⑤，不敢戲談。
國既卒斬⑥，何用不監⑦！

節彼南山，有實其猗⑧。
赫赫師尹，不平謂何⑨？
天方薦瘥⑩，喪亂弘多⑪。
民言無嘉⑫，憯莫懲嗟⑬！

尹氏太師，維周之氐⑭。
秉國之均⑮，四方是維⑯。
天子是毗⑰，俾民不迷⑱。
不弔昊天⑲，不宜空我師⑳。

弗躬弗親㉑，庶民弗信㉒。
弗問弗仕㉓，勿罔君子㉔。
式夷式已㉕，無小人殆㉖。
瑣瑣姻亞㉗，則無膴仕㉘。

昊天不傭㉙，降此鞠訩㉚。
昊天不惠㉛，降此大戾㉜。
君子如屆㉝，俾民心闋㉞。

君子如夷[36]，惡怒是違[36]。

不弔昊天，亂靡有定[37]。
式月斯生[38]，俾民不寧。
憂心如酲[39]，誰秉國成[40]？
不自為政，卒勞百姓[41]。

駕彼四牡，四牡項領。
我瞻四方，蹙蹙靡所騁[42]。

方茂爾惡[43]，相爾矛矣[44]。
既夷既懌[45]，如相酬矣[46]。

昊天不平，我王不寧。
不懲其心[47]，覆怨其正[48]。

家父作誦[49]，以究王訩[50]。
式訛爾心[51]，以畜萬邦[52]。

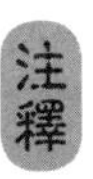

①節：山高峻的樣子。　南山：終南山。
②岩岩：山石堆積的樣子。
③赫赫：顯赫的樣子，這裡指尹氏地位顯耀、氣勢盛大。　師尹：尹姓的太師。
④民具爾瞻：民眾都看著你。具，通「俱」，都。瞻，看。
⑤惔（ㄊㄢˊ）：焚燒。
⑥國既卒斬：國家已經完蛋。國，指西周王朝。一說國運。既，已經。卒，盡。斬，斷絕。
⑦何用：為什麼。　監：通「鑒」，引以為誡。
⑧有實其猗：廣大的山坡。實，廣大的樣子。猗（ㄜˇ），通「阿」，山坡。
⑨不平謂何：為什麼不公正。
⑩天方薦瘥：上天正屢屢降災。薦，屢次。瘥（ㄔㄞˋ），病，這裡指災難。
⑪喪亂弘多：死亡亂離之事特別多。弘，大，特別。

⑫嘉：善。這句是說民眾對尹氏評價不好。
⑬憯（ㄘㄢˇ）莫懲嗟：國家已到了這個地步，尹氏怎還不知警戒。☒，曾，何。懲，警戒。嗟，語助詞。
⑭氐（ㄉㄧˇ）：通「柢」，根柢，根本。
⑮秉國之均：掌握國家大權。均，通「鈞」，權。
⑯維：維繫，指四方國家都靠尹氏維繫。
⑰毗（ㄆㄧˊ）：輔佐。
⑱俾民不迷：使民眾不迷惑。俾，使。
⑲不弔：不淑，不善。　昊天：皇天。
⑳不宜空我師：不應使我們困窮。空，困窮。師，民眾。
㉑弗躬弗親：不親自料理政事。躬親，親自。
㉒弗信：不信從。
㉓問：諮詢。　仕：審察。
㉔勿罔：不要欺騙。罔，欺罔，欺騙。
㉕式：乃。　夷：平息。　已：停止。
㉖殆：危殆。
㉗瑣瑣：卑微淺薄的樣子。　姻亞：裙帶關係。姻，兒女親家。亞，連襟。
㉘膴（ㄈㄨˇ）仕：高官厚祿。膴，厚。仕，事，指官職。
㉙傭：公平。
㉚鞠訩（ㄒㄩㄥ）：極大的災凶。鞠，窮，極。訩，通「凶」，災凶。
㉛不惠：不仁。
㉜大戾：災難。戾，乖違，不諧調。
㉝屆：到。
㉞闋：息，平息怨怒之氣。
㉟夷：平，指為政公正。
㊱違：消除。
㊲靡：無。
㊳式月斯生：禍亂每個月都有發生。式，語助詞。斯，是。
㊴憂心如酲（ㄔㄥˊ）：特別憂愁，不能解除。酲，酒醉不醒。
㊵國成：國家政權。
㊶卒：終。
㊷蹙蹙（ㄘㄨˋ）：侷促不伸的樣子。　騁：馳騁。
㊸方：正。　茂：盛。　惡：憎惡。
㊹相：看。　矛：長矛。
㊺夷：平，指心平氣和。　懌（ㄧˋ）：喜悅。

㊻如相酬矣：相互進酒言歡。

㊼懲：止，改。

㊽覆怨其正：不改正自己的錯誤，反怨恨別人對他的正確勸諫。

㊾家父：周大夫名。　誦：詩歌。

㊿究：追究。　訩：不好的行為。

51訛：改變。

52畜：養，安撫。

高峻的南山，岩石積滿山上。
顯赫的尹太師，人們都在巴望你。
心裡愁得像火燎，不敢隨便地嬉笑。
國運已經一團糟，為何沒有覺察到？

高峻的南山，草木長滿山坡。
顯赫的尹太師，你不公平為的什麼？
老天反覆降災禍，死亡離亂多又多。
民眾對你沒好評，你卻從不自懲戒。

姓尹的太師，你是國家的根柢。
掌握國家的政權，四方靠你來維繫。
君王靠你來輔助，百姓靠你來指教。
不仁慈的老天爺，不要讓民眾受困窮！

政事你不出面料理，民眾哪能相信你。
你不下訪不審察，不要把君王欺騙。
壞事要糾正要制止，不要讓小人危害。
卑微淺薄的親戚，不要給他加恩寵。

老天爺呀不公平，把這大禍來降臨。

老天爺呀不仁慈，把這大難來降臨。
君主如若來執政，人心憤憤一定平。
君主沒什不公平，民眾怨怒能消清。

老天爺呀不仁慈，動亂一直不停止。
亂事月月要發生，民眾哪能得安寧。
憂心沉沉如酒醉，掌政權的是阿誰？
自己不肯親理政，害苦天下老百姓。

駕起四匹大公馬，馬兒引頸不得馳騁。
我放眼四下觀望，侷促得沒有去的地方。

你們正在拼命憎惡，恨不得動刀刃。
怒氣已消又變快樂，相互勸酒開始言歡。

老天爺啊不太平，我們君王不安寧。
他的心偏不清醒，反怨恨人家去糾正。

家父作了這首詩，揭示王室凶與惡。
你要改變你心腸，安撫萬邦保久長。

巷　伯

這是寺人孟子傷於讒毀而作詩以抒發內心的怨憤。詩中大聲疾呼，給讒者以詛咒。

萋兮斐兮[1]，成是貝錦[2]。
彼譖人者[3]，亦已大甚。

哆兮侈兮[4]，成是南箕[5]。
彼譖人者，誰適與謀[6]？

緝緝翩翩[7]，謀欲譖人[8]。
慎爾言也[9]，謂爾不信[10]。

捷捷幡幡[11]，謀欲譖言。
豈不爾受[12]？既其女遷[13]。

驕人好好[14]，勞人草草[15]。
蒼天蒼天，視彼驕人，
矜此勞人[16]。

彼譖人者，誰適與謀？
取彼譖人，投畀豺虎[17]。
豺虎不食，投畀有北[18]。
有北不受，投畀有昊[19]。

楊園之道[20]，猗於畝丘[21]。
寺人孟子[22]，作為此詩。
凡百君子[23]，敬而聽之[24]。

①萋斐（ㄑㄧ　ㄈㄟˇ）：花紋相錯的樣子。

②貝錦：貝形花紋的錦緞。

③譖（ㄗㄣˋ）人：進讒言説壞話的人。

④哆（ㄉㄨㄛ）：大的樣子。

⑤南箕：星宿名，共四星組成，像簸箕張口的形狀。古人迷信，以為箕星主口舌是非，所以用它喻讒者。

⑥誰適與謀：誰去與他共謀。適，往。謀，謀議、策劃。

⑦緝緝翩翩（ㄆㄧㄢ　ㄆㄧㄢ）：形容讒人交讒的樣子。

⑧謀欲譖人：陰謀企圖害別人。欲，企圖。

⑨慎：謹慎。

⑩信：信實。

⑪捷捷幡幡（ㄈㄢ）：與「緝緝翩翩」同義。

⑫受：受其讒言誣陷。

⑬既其女遷：終於遷禍於讒言者自身。女，汝。

⑭驕人：驕橫之人，指讒者。　好好：小人得志的樣子。

⑮勞人：憂人。　草草：煩憂的樣子。

⑯矜：哀憫。

⑰投：投擲，丟棄。　畀（ㄅㄧˋ）：給予。　豺：狼屬，體較狼小，是一種兇殘之獸。

⑱有北：北方荒漠不毛之地。有，用於名詞前的語助詞，無實義。

⑲有昊（ㄏㄠˋ）：昊天，廣大無邊際。

⑳楊園：園名。

㉑猗（ㄧˇ）：加、依、靠著。　畝丘：丘名。

㉒寺人：古代宮中侍御小臣。　孟子：寺人之名，即本詩作者。

㉓凡百君子：所有的執政者。凡，所有、一切。

㉔敬：通「儆」，警惕戒慎。

條條花紋多鮮明，織成貝紋錦。
那個造謠生事的人，他的心腸實在狠！

張開嘴啊咧開唇，成了南天簸箕星。
那個造謠生事的人，是誰給他出主意？

嘰嘰呱呱說謊話，想出辦法害人家。

勸你說話要慎重，終究沒人再相信。

嘰嘰喳喳說假話，想出辦法把人誑。
哪能沒人上你的當？只怕到頭害自家。

驕橫人得意忘形，勞苦人憂慮在心。
老天爺呀老天爺，看看那些驕橫人，
可憐這些勞苦人。

那個造謠生事的人，是誰給他出主意？
抓住那個壞東西，扔給豺虎填肚皮。
豺虎不肯嚥，扔到北方不毛地。
北方不肯要，送給老天去發落。

楊園的那條道路，依在畝丘上。
我是閹人叫孟子，寫下了這篇詩歌。
所有的統治者，聽了一定要慎戒啊。

蓼莪

這是一首孝子感傷不得終養雙親的詩篇。詩中字字是淚，至情至性，感人至深。

蓼蓼者莪[①]，匪莪伊蒿[②]。
哀哀父母，生我劬勞[③]。

蓼蓼者莪，匪莪伊蔚[4]。
哀哀父母，生我勞瘁[5]。

瓶之罄矣[6]！維罍之恥[7]。
鮮民之生[8]，不如死之久矣！
無父何怙[9]？無母何恃[10]！
出則銜恤[11]，入則靡至[12]。

父兮生我，母兮鞠我[13]。
拊我畜我[14]，長我育我[15]，
顧我復我[16]，出入腹我[17]。
欲報之德[18]，昊天罔極[19]。

南山烈烈[20]，飄風發發[21]。
民莫不穀，我獨何害？

南山律律[22]，飄風弗弗[23]。
民莫不穀，我獨不卒[24]。

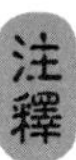

①蓼（ㄌㄨˋ）：高大的樣子。 莪（ㄜˊ）：蘿蒿，又名莪蒿，抱娘蒿。
②伊：是。
③劬（ㄑㄩˊ）勞：辛勤勞苦。
④蔚（ㄨㄟˋ）：草名，又名馬新蒿，牡蒿。
⑤瘁：勞累，困病。
⑥罄（ㄑㄧㄥˋ）：空。
⑦罍（ㄌㄟˊ）：一種口小腹大的盛酒器。
⑧鮮民：寡民、窮獨之民。
⑨怙（ㄏㄨˋ）：依靠。
⑩恃：依靠。
⑪出：出門、外出。 銜恤：含憂。恤，憂。
⑫入：回家。 靡至：沒有親人。 至，親。一說無所歸依。

⑬鞠：養育。

⑭拊（ㄈㄨˇ）：撫，撫愛。　畜：養育。

⑮長：養育使長大。　育：教育。

⑯顧：看護、照料。　復：通「覆」，庇護。

⑰出入腹我：出來進去懷抱我。

⑱欲報之德：想報答父母的大德。

⑲罔極：沒有盡頭。

⑳烈烈：山高峻險阻的樣子。

㉑飄風：暴起的疾風。　發發：疾風的聲音。

㉒律律：山勢突起的樣子。

㉓弗弗：疾風的聲音。

㉔不卒：不得終養父母。卒，終，終養。

高高的抱娘蒿，「抱娘」變成了蓬蒿。
可憐我的父母，養育我受盡辛勞。

高高的抱娘蒿，「抱娘」變成了牡蒿。
可憐我的父母，養育我受盡煎熬。

小瓶子空空無物，見大缸更覺羞辱。
我這個孤子活著，真不如早些死去。
沒有父親依靠誰？沒有母親誰養撫？
出門滿腹憂愁，回來沒有歸宿。

父親呀生我，母親呀養我。
撫愛我，保護我，培養我，教育我，
看顧我，庇護我，出來進去懷抱我。
該報的大恩，像天一樣廣闊。

南山峨峨巍巍，大風呼呼勁吹。

人人都很太平，我獨遇到災星。

南山峰巒高聳，大風發出吼聲。
人們都無不幸，唯我不能送終。

北 山

這是一首怨刺勞逸不均之作。作者為一個小官員，他整天為王室奔走，無暇顧家，而又無可奈何，故而發出這不平的呼聲。

陟彼北山，言採其杞①。
偕偕士子②，朝夕從事③。
王事靡盬④，憂我父母。

溥天之下⑤，莫非王土。
率土之濱⑥，莫非王臣。
大夫不均⑦，我從事獨賢⑧。

四牡彭彭⑨，王事傍傍⑩。
嘉我未老⑪，鮮我方將⑫。
旅力方剛⑬，經營四方⑭。

或燕燕居息⑮，或盡瘁事國⑯。
或息偃在床⑰，或不已於行⑱。

或不知叫號⑲，或慘慘劬勞⑳。

或棲遲偃仰[21]，或王事鞅掌[22]。

或湛樂飲酒[23]，或慘慘畏咎[24]。
或出入風議[25]，或靡事不為[26]。

①杞：枸杞。
②偕偕：強壯的樣子。　士子：下級官吏，這裡是作者自稱。
③朝夕從事：從早到晚忙碌。
④王事靡盬（ㄍㄨˇ）：王國之事沒有休止。靡，沒有。☒盬（ㄍㄨˇ），休止。
⑤溥（ㄆㄨˇ）天之下：遍天之下。溥，通「普」。
⑥率：自。　濱：水邊。
⑦不均：不公平。
⑧賢：勞。
⑨彭彭：馬行走不得休止的樣子。
⑩傍傍：從事工作不得休息的樣子。
⑪嘉：嘉許，稱讚。
⑫鮮：稱許。　方將：正強壯之時。方，正。將，壯。
⑬旅力方剛：氣力正強壯。旅，通「膂」，指體力、筋力。
⑭經營：奔走勞作。
⑮或：有的人。　燕燕：安閒的樣子。　居息：在私處休息。
⑯瘁：勞苦。
⑰偃（ㄧㄢˇ）：臥。
⑱不已於行：奔走不停。行，道路，一說行走。
⑲叫號：這裡指人間呼叫號哭之苦。
⑳慘慘：憂愁不安的樣子。　劬（ㄑㄩˊ）：勞苦。
㉑棲遲：棲息遊樂。　偃：仰臥。
㉒鞅（ㄧㄤ）掌：奔波忙碌的樣子。
㉓湛（ㄉㄢ）樂：歡樂。一說過度享樂。
㉔畏咎：怕犯錯誤。咎，罪。
㉕風議：橫發議論。風，放。議，議論。
㉖靡事不為：無事不做。

登上那北山，去把枸杞採。
強壯的小吏，從早到晚都當差。
王國之事沒休止，勞我父母為擔憂。

普天之下，哪裡不是王的國土。
四海之內，有誰不是王的臣僕。
執政大夫不公平，讓我獨自勞苦。

四匹公馬多匆忙，王室差事好緊張。
誇獎我還未老，稱許我正強壯。
因為氣力方剛，驅遣我奔走四方。

有的人安逸休息，有的人為國盡力；
有的人高臥在床，有的人長期奔忙。

有的人不懂得叫號，有的人苦苦地操勞；
有的人悠閒從容，有的人忙碌不停。

有的人沉迷飲宴，有的人畏罪不安；
有的人高談闊論，有的人事事躬親。

大 田

這首詩寫了從春耕到秋收以及祭祀的全過程。事瑣細，情閒淡，娓娓訴來，道出一派田家樂趣。

大田多稼[①]，既種既戒[②]，
既備乃事[③]。以我覃耜[④]，
俶載南畝[⑤]，播厥百穀。
既庭且碩[⑥]，曾孫是若[⑦]。

既方既皂[⑧]，既堅既好[⑨]，
不稂不莠[⑩]。去其螟螣[⑪]，
及其蟊賊[⑫]，無害我田稚[⑬]。
田祖有神[⑭]，秉畀炎火[⑮]。

有渰萋萋[⑯]，興雨祁祁[⑰]。
雨我公田，遂及我私[⑱]。
彼有不獲稚[⑲]，此有不斂穧[⑳]。
彼有遺秉[㉑]，此有滯穗[㉒]，
伊寡婦之利[㉓]。

曾孫來止[㉔]，以其婦子。
饁彼南畝[㉕]，田畯至喜[㉖]。
來方禋祀[㉗]，以其騂黑[㉘]，
與其黍稷[㉙]。
以享以祀，以介景福[㉚]。

①大田：公田。

②既種既戒：已經選好種子，修好農具。種，選種子。戒，通「械」，用作動詞，修具。

③備：完備。　乃事：這些事，指上述工作。

④覃耜（ㄊㄢˊ ㄙˋ）：銳利的犁頭。覃，通「剡」，銳利。耜，犁頭。

⑤俶（ㄔㄨˋ）：開始。　載：從事。

⑥庭：通「挺」，挺直，直生。　碩：大，肥壯。
⑦曾孫：這裡指周王。　若：順。
⑧方：通「房」，指穀穗始生，籽粒外苞尚未合攏。　皂（ㄗㄠˋ）：指籽粒初生，尚未堅實。
⑨既堅既好：指籽粒堅實飽滿，色味俱好。
⑩稂（ㄌㄤˊ）：穀中有穗而不結實的。　莠（ㄧㄡˋ）：似穀的野草，又名狗尾草。
⑪螟：吃禾心的害蟲。　螣（ㄊㄥˊ）：吃葉的害蟲，又名蝗蟲。
⑫蟊（ㄇㄠˊ）賊：吃禾根的害蟲，又名螻蛄。
⑬田稚：田苗。稚，幼禾。
⑭有神：有靈。
⑮秉：拿。　畀（ㄅㄧˋ）：給予。　炎火：烈火。
⑯有渰（ㄧㄢˇ）：雲興起的樣子。萋萋：烏雲密佈的樣子。
⑰祁祁：眾多的樣子
⑱遂：遍。　私：私田。
⑲不獲稚：沒有收割的尚未成熟的穀禾。稚，未熟之禾。
⑳不斂穧（ㄐㄧˋ）：已割倒還沒有來得及收起的莊稼。
㉑遺秉：漏掉的禾束。秉，把，指帶秸稈的禾穀。
㉒滯穗：丟到地裡的禾穗。穗，禾穗，指不帶秸稈的禾穀。
㉓利：好處。
㉔曾孫來止：指周王親臨。
㉕饁（ㄧㄝˋ）：送飯。
㉖田畯（ㄐㄩㄣˋ）：田官。
㉗來方禋祀（ㄧㄣ ㄙˋ）：到來方舉行祭上帝之禮。來，到來，一說語詞，無實義。方，正在。一說祭名。祀，祭祀上帝的祭禮。
㉘騂（ㄒㄧㄥ）黑：赤黃色與黑色的犧牲物，牛羊豬之類。
㉙與：加上。
㉚景福：大福。

公田裡種這種那，選了種子修了農具，
這些事務都齊備。用我鋒利的犁頭，
開始耕那南邊的田地，
播下莊稼好多樣。

棵棵長得直又壯，順了周王的願望。

莊稼發出了芽苞，長得堅實又完好，
沒有稂草和莠草。
除掉吃心的螟吃葉的，
還有食心的賊吃根的蟊，
不要害我田中的禾苗。
田祖有神靈啊，把這些害蟲統統燒掉。

濃濃地烏雲密佈，啪啪地大雨落下。
雨水落到公田裡，我的私田也沾到。
那裡有棄掉的青稞，這裡有不要的束禾。
那裡有丟掉的穀捆，這裡有遺漏的禾穗，
全是寡婦的福氣。

周王來到這裡，帶著妻子孩子。
送飯送到田裡，田官看到很歡喜。
周王祭祀上蒼，祭品有黑有黃。
加上黍米和高粱。
統統來獻上，得到的福氣不可估量。

采　綠

這是婦人思夫過期未歸的詩作。其中訴閨情搖曳旖旎，有無限神韻。

終朝採綠[①]，不盈一匊[②]。

予發曲局[3]，薄言歸沐[4]。

終朝採藍[5]，不盈一襜[6]。
五日為期，六日不詹[7]。

之子於狩，言韔其弓[8]。
之子於釣，言綸之繩[9]。

其釣維何[10]？維魴及鱮[11]。
維魴及鱮，薄言觀者[12]。

①芻：草名，又名王芻（ㄔㄨˊ）。
②匊（ㄐㄩˊ）：即掬，捧。
③曲局：捲曲。
④歸沐：回家洗髮。沐，洗髮。
⑤藍：草名，又名蓼藍。
⑥襜（ㄔㄢ）：圍裙、護裙。
⑦詹（ㄓㄢ）：到。
⑧韔（ㄔㄤˋ）：弓袋。
⑨綸（ㄍㄨㄢ）：釣絲，這裡用作動詞，整理絲繩。
⑩維何：是何。維，是。
⑪魴（ㄈㄤˊ）：鯿魚。　鱮（ㄒㄩˋ）：鰱魚。
⑫觀者：當為爟（ㄍㄨㄢˋ）煮，即舉火烹煮之意。

整個早上採王芻，總是不滿兩隻手。
我的頭髮卷又曲，我要回去洗洗頭。

整個早上採蓼藍，兜在前襟還不滿。
相約五日就見面，過到六天不見還。

如果他呀去打獵，我來為他收弓箭。
如果他呀去釣魚，我來為他理絲線。

釣魚釣到什麼魚？大頭鰱與縮頸鯿。
大頭鰱與縮頸鯿，舉火烹煮我不厭。

隰　桑

這首詩寫出了男女相見之喜。前三章樂其相見，有形容不出的光景；末章道愛之誠，情之真。

隰桑有阿①，其葉有難②。
既見君子，其樂如何！

隰桑有阿，其葉有沃③。
既見君子，云何不樂！

隰桑有阿，其葉有幽④。
既見君子，德音孔膠⑤。

心乎愛矣，遐不謂矣⑥？
中心藏之⑦，何日忘之？

①隰（ㄒㄧˊ）桑：生長在低濕之地的桑樹。　阿：通「婀」，枝條柔美的樣子。
②難：通「儺」，茂盛的樣子。

③沃：柔嫩肥潤的樣子。
④幽：通「黝」，色青而近黑色。
⑤膠：堅固。
⑥遐：遠。
⑦藏（ㄗㄤˋ）：通「臧」，善、愛。

窪地青桑多婀娜，葉子密密多茂盛。
既已見到君子你，心中歡喜一陣陣。

窪地青桑多婀娜，葉子青青有光澤。
既已見到君子你，叫我如何不歡樂。

窪地青桑多婀娜，葉子一色青黝黝。
既已見到君子你，柔情蜜意豈能休？

心中愛意千百倍，遠行啊不能相會。
不思量也愛心底，哪一日能夠忘記？

何草不黃

這是一首征夫怨訴之歌。一章怨征伐不息；二章怨苦難人生；三章以兕虎行於曠野，襯托征夫奔波不已；四章以狐行幽草，襯托征夫奔於周道。

何草不黃[①]！何日不行[②]！
何人不將！經營四方[③]！

何草不玄[4]！何人不矜[5]！
哀我征夫，獨為匪民[6]！

匪兕匪虎[7]，率彼曠野[8]。
哀我征夫，朝夕不暇[9]。

有芃者狐[10]，率彼幽草[11]。
有棧之車[12]，行彼周道。

①黃：枯草，草衰之色。
②行：行役。
③經營：往來，這裡指奔走四方。
④玄：黑，草枯爛之色。
⑤矜：通「鰥」，沒有妻子。
⑥獨：豈，難道。　匪民：非人，不是人。
⑦匪：彼。一說讀「非」，不是。　兕（ㄙˋ）：犀牛。
⑧率：循，沿著。　曠野：空曠的荒野。
⑨暇：閒暇。
⑩芃（ㄆㄥˊ）：眾草叢生的樣子，這裡形容狐狸的尾巴蓬鬆。
⑪幽草：草叢深處。幽，幽深。
⑫有棧：棧棧，形容棧車竹木雜編的樣子。棧車是竹木編製成的車，為行役者所使。

什麼草能不枯萎！什麼日子不奔忙！
什麼人能不當差！辛苦奔波走四方！

什麼草不腐爛！什麼人不打光棍！
可憐我們士兵，難道偏偏做人難！

那犀牛呀那老虎，整天奔跑在曠野。
哀嘆我們這些人，早晚到頭不停歇。

狐狸尾巴多蓬鬆，躲在那邊青草叢。
高高兵車行匆匆，走在那邊大道中。

大雅

綿

題解

這是一篇太王（即古公亶父）小傳，講述的是太王率領周族，逃避犬戎追逼、安居周原、振興周族的歷史。

綿綿瓜瓞[1]，民之初生，
自土沮漆[2]。古公亶父[3]，
陶復陶穴[4]，未有家室[5]。

古公亶父，來朝走馬[6]，
率西水滸[7]，至於岐下[8]。
爰及姜女[9]，聿來胥宇[10]。

周原膴膴[11]，堇荼如飴[12]。
爰始爰謀[13]，爰契我龜[14]。
曰止曰時[15]，築室於茲[16]。

乃慰乃止[17]，乃左乃右[18]。
乃疆乃理[19]，乃宣乃畝[20]。
自西徂東[21]，周爰執事[22]。

乃召司空[23]，乃召司徒[24]，
俾立室家[25]。其繩則直[26]，
縮版以載[27]，作廟翼翼[28]。

捄之陾陾㉙，度之薨薨㉚。
築之登登㉛，削屢馮馮㉜。
百堵皆興㉝，鼛鼓弗勝㉞。

乃立皋門㉖，皋門有伉㊱。
乃立應門㊲，應門將將㊳。
乃立塚土㊴，戎醜攸行㊵。

肆不殄厥慍㊶，亦不隕厥問㊷。
柞棫拔矣㊸，行道兌矣㊹。
混夷駾矣㊺，維其喙矣㊻。

虞芮質厥成㊼，文王蹶厥生㊽。
予曰有疏附㊾，予曰有先後㊿。
予曰有奔奏(51)，予曰有禦侮(52)。

①綿綿：綿延不絕的樣子。　瓞（ㄉㄧㄝˊ）：小瓜。
②自：始。　土：居。　沮漆：均為水名。今之漆水河。
③古公亶（ㄉㄢˇ）父：即太王，王季之父，文王之祖。
④陶：通「掏」，掘土。　復，古代的一種窯洞。　穴：穴窟。
⑤家室：指固定的家。一說宮室房屋。
⑥來朝：來周，來到周原。
⑦率：循、沿著。　水滸：水邊。
⑧岐下：岐山之下，即周原。岐山，在今陝西省岐山縣東北。
⑨爰：乃，於是。一說語首助詞。　姜女：姜氏之女。即太王之妻，也稱太姜。
⑩聿（ㄩˋ）：語助詞。　胥宇：相宅。胥，察看。宇，居住。
⑪膴膴（ㄨˇ）：土地肥沃的樣子。
⑫堇（ㄐㄧㄣˇ）荼（ㄊㄨˊ）如飴：這裡是說此地土地肥沃，長出的苦菜，味也甘美。堇，又名堇葵，味苦。荼，苦菜。飴，麥芽糖。
⑬始、謀：謀劃。

⑭契龜：用龜占卜。

⑮曰止曰時：曰止時，是說止於此。時，是。這是龜兆所顯示的意思。

⑯茲：此。

⑰慰：安心。止：居住。

⑱左右：分左右居住。

⑲疆：劃定地界。　理：整理農田。

⑳宣：疏導溝洫。　畝：整治田壟。

㉑自西徂（ㄘㄨˊ）東：從西到東。徂，往。

㉒周爰執事：這句是說為建立新居，到處都在忙碌著。周，普遍。爰，語助詞。執事，執行其事。

㉓司空：掌管工程建築的官。

㉔司徒：掌管徒役的官。

㉕俾：使。　室家：宮室房舍。

㉖繩：繩墨，準繩。

㉗縮：束。　版：築牆時兩頭擋土的牆板。　載：承載，指向夾板中填土。

㉘作：造。　翼翼：嚴正的樣子。

㉙捄（ㄐㄧㄡˋ）：聚土和盛土的動作。　陾陾（ㄖㄥˊㄖㄥˊ）：鏟土聲。

㉚度：填。　薨薨（ㄏㄨㄥ）：填土聲。

㉛築：用杵搗土使之堅固。　登登：築土聲。

㉜削屢：削平牆上隆高之處。　馮馮（ㄆㄧㄥˊ）：削牆聲。

㉝興：建成。

㉞鼛（ㄍㄠ）鼓：大鼓名，長一丈二尺。工地用於鼓舞士氣。　弗勝：沸騰，形容工地鼓聲震盪。

㉟皋（ㄍㄠ）門：王都的郭門。皋，即高。郭門高大，所以叫「皋門」。

㊱伉（ㄎㄤˋ）：高大的樣子。

㊲應門：王宮的正門。

㊳將將：嚴正的樣子。

㊴冢（ㄓㄨㄥˇ）土：大社。冢，大。土，通「社」，祭土地神的地方。

㊵戎醜：指所獲的戎狄俘虜。　攸：乃。　行（ㄏㄤˊ）：陳列。

㊶肆：語助詞。　不殄（ㄊㄧㄢˇ）：不絕。　慍（ㄩㄣˋ）：怒，一說禮祀上帝。

㊷隕（ㄩㄣˇ）：喪失。　問：通「聞」，指聲譽。

㊸柞（ㄗㄨㄛˋ）：柞樹，橡樹中的一種。　棫（ㄩˋ）：叢生有刺的小樹。　拔：除淨。

㊹行（ㄏㄤˊ）道：道路。　兌：開通。

㊺混夷：又名昆夷、畎夷、犬夷、犬戎，是古代西北部的一個少數民族。駾（ㄊㄨㄟ

、）：奔突。

㊻喙（ㄏㄨㄟˋ）：困頓的樣子。

㊼虞芮（ㄩˊ　ㄖㄨㄟˋ）：古代二國名。　質：正，評斷。　成：平。

㊽蹶：崛起。　生：起。

㊾予：我們，周人自謂。　曰：語助詞。　疏附：相歸附。

㊿先後：指在王前後左右輔佐導引之。

51奔奏：奔走，指為王奔走呼號之。

52禦侮：指抵禦外侮。

像瓜藤一樣綿延！
我們民族從死裡逃生，居住在沮漆岸邊。
我們的太王亶父，住在那土窯土窟，
沒有家，沒有屋。

古公亶父，騎著馬來周地視察。
沿著西面的水邊，到了這岐山腳下。
偕同著妻子姜女，一起來籌畫住地。

周原的土地肥美無雙，連苦菜也甜如蜜糖。
於是開始謀算計畫，又用龜契進行了占卜。
說是可居，說是適宜，就在這裡建起房屋。

於是安下基礎，於是區分左右，
於是分疆正界，於是開溝定畝。
從西到東，全部一起動工。

於是召來掌工程的司空，
於是召來管人夫的司徒，
讓儘快建起房屋，拉直定線的準繩。

夾好築牆的木板，建起堂皇的廟宇。

「仍仍」地鏟土，「忽忽」地投土，
「登登」地築牆，「拍拍」地削平。
上百堵牆同時築起，
大鼓的聲音如水沸騰。

於是立起外部的皋門，皋門寬大高亢；
於是立起王宮的應門，應門嚴正端莊。
於是立起大社，殺俘虜進行祭奠。

我們的祭祀沒中斷，我們的聲名沒損傷。
雜木拔掉了，道路開通了，
犬戎疲困了，只好滾蛋了。

虞、芮二國來求結盟，文王由此蹶然興盛。
我們有了鄰國藩屬，我們有了左右弼輔，
我們有了四方奔走之臣，
我們有了衝鋒禦侮的賢人。

生　民

這是一篇記述周人始祖后稷發跡的神話史詩。詩中敘述了后稷從其母受孕到出生、發家的全過程。

厥初生民[①]，時維姜嫄[②]。

生民如何？克禋克祀[3]，
以弗無子[4]。履帝武敏歆[5]，
攸介攸止[6]，載震載夙[7]，
載生載育，時維后稷[8]。

誕彌厥月[9]，先生如達[10]。
不坼不副[11]，無菑無害[12]。
以赫厥靈[13]，上帝不寧[14]。
不康禋祀[15]，居然生子[16]。

誕置之隘巷[17]，牛羊腓字之[18]。
誕置之平林[19]，會伐平林。
誕置之寒冰，鳥覆翼之[20]。
鳥乃去矣，后稷呱矣[21]。
實覃實訏[22]，厥聲載路[23]。

誕實匍匐[24]，克岐克嶷[25]，
以就口食[26]。蓺之荏菽[27]，
荏菽旆旆[28]，禾役穟穟[29]，
麻麥幪幪[30]，瓜瓞唪唪[31]。

誕后稷之穡[32]，有相之道[33]。
茀厥豐草[34]，種之黄茂[26]。
實方實苞[36]，實種實褎[37]。
實發實秀[38]，實堅實好[39]，
實穎實栗[40]。即有邰家室[41]。

誕降嘉種[42]，維秬維秠[43]，
維穈維芑[44]。恒之秬秠[45]，
是獲是畝[46]。恒之穈芑，

是任是負。以歸肇祀[47]。

誕我祀如何？或舂或揄[48]。
或簸或蹂[49]，釋之叟叟[50]。
烝之浮浮[51]。載謀載惟[52]。
取蕭祭脂[53]，取羝以軷[54]。
載燔載烈[55]，以興嗣歲[56]。

卬盛於豆[57]，於豆於登[58]。
其香始升，上帝居歆[59]。
胡臭亶時[60]？后稷肇祀，
庶無罪悔[61]，以迄於今[62]。

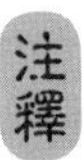

①厥初：其初，當初。　生民：指周族人民。
②時維：此為。時，是，此。維，為，是。　姜嫄：也作姜原，傳說中周人的女始祖，后稷之母。
③克：能夠。　禋（ㄧㄣ）祀：古代對上帝的祭祀。
④弗：免。
⑤履：踐踏。　帝武敏：上帝的腳印。武，足跡。敏，腳拇趾。　歆（ㄒㄧㄣ）：歡喜。
⑥介：休息。　止：止息。
⑦載：乃，則。　震：通「娠」，懷孕。　夙：通「孕」，懷孕。
⑧后稷：周人始祖。后稷為官名。
⑨誕：發語詞，相當於「當」。　彌：滿，指姜原懷孕十月期滿。
⑩先生：初生，剛生下時。　達：通「蛋」。
⑪不坼不副：劈裂不開。坼，開。副，剖分。
⑫菑（ㄗㄞ）：通「災」，災難。
⑬赫：顯示。　靈：靈異。
⑭寧：安。
⑮康：安。禋（ㄧㄣ）：潔身齋戒以祭祀
⑯居然：竟然，無故而然。
⑰置：棄置。　隘（ㄞˋ）巷：狹窄的小巷。

⑱腓（ㄈㄟˊ）字：庇護、愛護。腓，通「庇」，庇護。字，愛。

⑲平林：平原上的樹林。

⑳覆翼：用翅膀覆蓋。

㉑呱（ㄍㄨ）：嬰兒的哭聲。

㉒實覃（ㄊㄢˊ）實訏（ㄒㄩ）：指后稷的哭聲又長又洪亮。實，是。覃，長。訏，大。

㉓載路：滿路。

㉔匍匐（ㄆㄨˊ　ㄈㄨˊ）：手足並行，即爬行。

㉕克：能夠。　岐：通「企」，舉踵。　嶷（ㄋㄧˋ）：通「億」，直立。

㉖就：求，指找食物吃。

㉗藝：種植。　荏（ㄖㄣˇ）菽：兩種作物名。

㉘旆旆（ㄆㄟˋ　ㄆㄟˋ）：本意是旗幟飄揚的意思，這裡是形容植物枝葉高舉盛長的樣子。

㉙禾役：禾穗。　穟（ㄙㄨㄟˋ）：禾穗下垂的樣子。

㉚幪（ㄇㄥˊ）：茂盛覆地。

㉛瓜瓞（ㄉㄧㄝˊ）：大瓜小瓜。　唪唪（ㄈㄥˇ）：瓜實豐碩的樣子。

㉜穡：本意是收穫莊稼，這裡指種植五穀。

㉝相：相察。一說助。

㉞茀（ㄈㄨˊ）：通「拂」，拔除。　豐草：長得旺盛的草。

㉟黃茂：指長勢茂盛，結實金黃的穀種。黃，黃色。茂，美。

㊱方：通「放」，指萌芽剛出土。一說通「房」，指種殼未裂。　苞：指禾苗叢生。一說茂盛。

㊲褎（ㄧㄡˋ）：指禾苗漸漸長高。

㊳發：禾莖舒發拔節。　秀：禾初吐穗。

㊴堅：穀粒堅硬。　好：穀粒飽滿，結實很好。

㊵穎：禾穗下垂。　栗：穀粒成熟。

㊶即：衍文。　有郜家室：以養家室。郜（ㄊㄞˊ），通「台」，養。

㊷降：降下，指上帝降下好穀種，賜予后稷。維秬維秠

㊸秬（ㄐㄩˋ）：黑黍。　秠（ㄆㄧ）：黑黍中的一種，一殼中含有兩粒黍米。

㊹穈（ㄇㄣˊ）：穀中的一種，又名赤粱粟。初生時苗赤色，後漸變青。　芑（ㄑㄧˇ）：谷中的一種，又名白粱粟。初生時苗色微白。

㊺恒（ㄍㄥˋ）：通「亙」，遍、滿。

㊻獲：收割。

㊼歸：通「饋」，給予，賜予。　肇祀：開始祭祀。

㊽舂（ㄔㄨㄥ）：用杵在臼中搗米。　揄（ㄧㄡˊ）：從臼中將搗好的米舀出。

㊾簸（ㄅㄛˇ）：用簸箕揚棄糠皮。　蹂：將未能舂脱殼的穀粒，用腳搓。
㊿釋：淘米。　叟叟：淘米聲。
51烝：通「蒸」。　浮浮：熱氣長升的樣子。
52謀惟：指商議祭祀之事。謀，籌畫。惟，考慮。
53取蕭：選取艾蒿。　祭脂：以生腸脂油作祭品。
54羝（ㄉㄧ）：公綿羊。　軷（ㄅㄚˊ）：祭道路之神。
55燔（ㄈㄢˊ）：將肉放在火裡燒炙。　烈：將肉串起來架在火上烤。
56以興嗣歲：祈求來年豐收。興，興旺，這裡作動詞。嗣歲，來年。
57卬（ㄧㄤˇ）：通「仰」，舉。　豆：古代食器。
58登：古代食器，盛肉用。
59居歆：安享。
60胡臭：濃郁的香氣。胡，大。亶（ㄉㄢˇ）時：實在好，確實。時，善。
61庶：幸而、庶幾。　罪悔：罪過。悔，過失。
62迄：至。

回溯我們周人的起源，
那神聖的女祖就是姜嫄。
周人的始祖如何誕生？
因姜嫄能敬奉上帝，祓除了無子的不祥。
她踩著上帝的腳印一起跳舞，
上帝高興，又與她同住。
她懷了孕，心裡戒懼，
後來生下了孩子，這就是先祖后稷。

當到了生育的日期，卻生出一個瓜形的肉蛋。
劈不開也砍不破，可是也不見有什麼災難。
這就顯示了他的不同凡響。
「難道是上帝不寧，不安於我的禋祭？
居然生下這樣的東西！」

當把他扔在狹窄的胡同，
牛羊卻躲著不敢蹂躪；
當把他扔在豐茂的森林，
卻恰好遇上了伐木的工人。
當把他扔在寒冷的河冰，
卻有大鳥飛來將肉蛋溫存。
大鳥飛去了，傳來后稷的呱呱哭聲。
他的哭聲又長又高，滿路的人都可聽清。

他開始匍匐爬行，接著就能舉踵立正。
還能找食維生。

他種下了大豆，大豆枝葉飛揚，
禾穗沉沉下垂，麻麥密密層層，
瓜藤果實累累。

當后稷從事農活，有觀察的竅門。
他除去豐茂的雜草，種上那黃燦燦的穀種。
於是發了芽，出了一叢小苗。
苗兒粗壯又漸漸長高，
發芽了，抽穗了，粒堅了，長好了。
下垂的穀穗，密密的穀子，
用來養活我們的家室。

於是上帝降下良種，
有單粒和雙粒的黑黍，有赤莖和白莖的粟穀。
種上各種黑黍，
就整畝整畝地收穫。
種上各種穀子，就懷抱肩荷。
來供開始的大祭。

我們的祭祀怎樣進行？
有的舂米，有的舀米，
有的簸米，有的搓米。
嗖嗖的淘洗，浮浮地蒸餾。
商量好祭祀的步驟，
拿香蒿灌上脂油，拿牡羊祭了道路。
焚燒起香蒿烈火，來祈禱明年的豐收。

高高地供上祭品，盛在了木豆和瓦登。
香味漸漸上升，上帝安然享受供品：
「這香味為什麼如此濃烈啊？」
自從后稷開始大祭，幸而沒有什麼罪悔，
平平安安，以至於今。

公　劉

這是文獻中關於先周歷史最為重要的資料，也是《詩經》周族史詩中最重要的一篇，原因在於它記載了周代歷史上最大，而且也是最重要的一次民族大遷徙。文字層次井然，氣勢恢弘。第一章寫出發，第二章寫視察，第三章寫寄寓，第四章寫宴飲，第五章寫定居，第六章寫築室。

篤公劉①！匪居匪康②。
乃埸乃疆③，乃積乃倉④，
乃裹餱糧⑤，於橐於囊⑥。
思輯用光⑦，弓矢斯張⑧，

干戈戚揚[9]，爰方啟行[10]。

篤公劉！於胥斯原[11]。
既庶既繁[12]，既順乃宣[13]，
而無永嘆[14]。陟則在巘[15]，
復降在原。何以舟之[16]？
維玉及瑤[17]，鞞琫容刀[18]。

篤公劉！逝彼百泉[19]，
瞻彼溥原[20]。乃陟南岡[21]，
乃覯於京[22]。京師之野[23]，
于時處處[24]，于時廬旅[25]，
于時言言，于時語語[26]。

篤公劉！於京斯依[27]。
蹌蹌濟濟[28]，俾筵俾幾[29]，
既登乃依[30]。乃造其曹[31]，
執豕於牢[32]，酌之用匏[33]。
食之飲之[34]，君之宗之[35]。

篤公劉！既溥既長[36]，
既景乃岡[37]。相其陰陽[38]，
觀其流泉[39]，其軍三單[40]，
度其隰原[41]，徹田為糧[42]。
度其夕陽[43]，豳居允荒[44]。

篤公劉！於豳斯館[45]。
涉渭為亂[46]，取厲取鍛[47]。
止基乃理[48]，爰眾爰有[49]。
夾其皇澗[50]，溯其過澗[51]。

止旅乃密[52]，芮鞫之即[53]。

注釋

①篤：發語詞。一說忠厚。　公劉：后稷的後裔，公是稱號，劉是名。
②匪居匪康：當為「彼居匪康」，在那裡居住不安寧。康，安。
③乃：於是。　埸（ㄧˋ）疆：田埂地界。
④積：露天積糧處。　倉：倉庫。
⑤裹：包裝。　餱（ㄏㄡˊ）糧：乾糧。
⑥橐（ㄊㄨㄛˊ）囊：兩種不同的口袋，橐無底，囊有底。
⑦思：想。一說發語詞。　輯：和睦、團結。　用光：以顯耀。
⑧斯張：乃張，張開，指拉弓。
⑨干戈：盾牌與戈矛，這裡泛指兵器。　戚揚：斧鉞，小斧大斧。
⑩方：開始。　啟行：開路，出發。
⑪於胥斯原：視察胥地。胥，地名。原，視察。
⑫庶、繁：眾多的意思。
⑬既順乃宣：指民心順暢。宣，舒暢。
⑭永嘆：長嘆。
⑮陟：登上。巘（ㄧㄢˇ）：大山旁邊的小山，這裡泛指山。
⑯舟：通「周」，遍，環繞。
⑰瑤（ㄧㄠˊ）：似玉的石頭，這裡指用玉瑤裝飾的刀鞘。
⑱鞞琫（ㄅㄧㄥˇ　ㄅㄥˇ）：刀鞘上、下的裝飾。　容刀：裝著刀。容，容納、裝著。
⑲逝：往。　百泉：地名，在今寧夏固原市東南。
⑳瞻：視察。　溥（ㄆㄨˇ）原：地名，即大原，指今寧夏南部與甘肅東部即固原、平涼、慶陽中間的廣大平原。
㉑南岡：當指固原南的山崗。因公劉由北而南遷，故稱所遇之山崗為「南岡」。
㉒覯（ㄍㄡˋ）：看見。　京：地名，其地當不出古大原的範圍。京古與原相通。
㉓京師：京邑。
㉔于時：於是。　處處：止息，居住。
㉕廬旅：寄居。
㉖言言、語語：形容人們遷徙新地之後，笑語歡悅的神情。
㉗依：憑依。
㉘蹌蹌（ㄑㄧㄤ　ㄑㄧㄤ）：步伐快疾的樣子。　濟濟：多而整齊的樣子。
㉙俾筵：使鋪坐席。俾，使。筵，竹席。　俾幾：使設小幾。幾，古代席地而坐時可依靠的短腿小桌。
㉚登：登上筵席。　依：憑依小幾。

㉛造：通告，告訴。　曹：眾。
㉜執豕於牢：在豬圈裡捉豬。執，捉。牢，關養牲畜的圈。
㉝酌：斟酒。　匏（ㄆㄠˊ）：葫蘆一剖為二，作為酒器。
㉞食（ㄙˋ）、飲：這裡用作動詞。
㉟君：指為京地君主。　宗：指為宗族之長。
㊱既溥既長：指在京地土地開拓又廣又長。既，已。溥，廣。
㊲景：通「影」，指考日影以定歲時。
㊳相其陰陽：指考察地理陰陽寒暖，以選擇種植之宜。
㊴觀其流泉：指察看水的流向，以考慮灌溉之利。
㊵其軍三單：即軍其三單，開墾京師之野三面的土地。軍，通「均」，又作墾。單，通「辟」，野土。
㊶度：測量，考察。　隰（ㄒㄧˊ）原：低濕曰隰，高平曰原。
㊷徹田：開墾田地。
㊸度其夕陽：指人口發展，移居於山之西。度，通「宅」。
㊹豳居允荒：在地域開拓中發現了更為廣大的豳地。豳，地名。居，語助詞，相當於「其」。允，實在，確實。荒，廣大。
㊺館：這裡作動詞，建築館舍。
㊻渭：水名。　亂：橫流而渡。
㊼厲：通「礪」，磨刀石。　鍛：冶煉金屬的原料。
㊽止基：通鎡基（ㄗ ㄐㄧ），即鋤頭。　理：治成。
㊾眾：人多。　有：財富。
㊿夾：指夾岸而居。　皇澗：豳（ㄅㄧㄣ）地澗名。
51溯：面向。　過澗：豳地澗名。
52止旅：止居。　密：密集。一說安定。
53芮：通「汭」（ㄖㄨㄟˋ），水名。　鞫（ㄐㄩˊ）：究，指窮盡之處。一說水內曲為芮，外曲為鞫。　之即：是就，即就芮水盡頭而居的意思。

啊，公劉！
那裡居住不安康。
於是整地修好田疆，於是積蓄充實糧倉，
於是包好行路的乾糧，裝滿了小袋與大囊。
組織族人爭取民族的榮光。

帶上弓，搭上箭，
干、戈、戚、揚，全副武裝，
於是啟程開往遠方。

啊，公劉！在胥地停留察看。
人既多事情又繁雜，卻心情宣達舒暢，
聽不到任何的悲嘆。
他有時登上小山，有時又下到平川。
他身上帶著什麼？繫著玉石和瓊瑤，
還有玉飾的佩刀。

啊，公劉！他走到了百泉，
看到了廣闊的溥原。
於是登上了南岡，發現了叫京的地方。
在那京師的野地，
於是停下，於是安居，
於是商量，於是合計。

啊，公劉！在京師安家定居。
大夥兒擁擁擠擠，在這裡設下了筵席，
請他上坐就兒。
於是又告給夥計，從圈裡牽出豬羊，
用匏盛上甘美的酒漿。
大夥向他敬食敬酒，並尊他為周族的尊長。

啊，公劉！他的土地既廣又長，
觀察日影上山崗。
相察了山的陰陽，觀看了水的流向，
開墾了京野的三面，測量了窪地平原。
治土田，種食糧，度量了山西的地方，

又發現豳地確實更寬廣。

啊，公劉！來到豳地建築房屋。
橫渡渭河採取石料，取回了礪石和鍛石，
治成了石器農具，人口增多財物富裕，
於是夾著大澗就居，對著過澗居住。
定居的人越來越多，水的盡頭也有了住戶。

周頌

載芟

這是一篇春耕祭社稷歌。因為春天祭祀社稷神，所以詩中描寫春耕，而及於秋後的豐收。

載芟載柞①，其耕澤澤②。
千耦其耘③，徂隰徂畛④。
侯主侯伯⑤，侯亞侯旅⑥，
侯彊侯以⑦。有嗿其饁⑧，
思媚其婦⑨。有依其士⑩，
有略其耜⑪，俶載南畝⑫。
播厥百穀，實函斯活⑬。
驛驛其達⑭，有厭其傑⑮。
厭厭其苗⑯，綿綿其麃⑰。
載獲濟濟⑱，有實其積⑲，
萬億及秭⑳。為酒為醴㉑，
烝畀祖妣㉒，以洽百禮㉓。
有飶其香㉔，邦家之光。
有椒其馨㉕，胡考之寧㉖。
匪且有且㉗，匪今斯今㉘，
振古如茲㉙！

注釋

①芟（ㄕㄢ）：除草。　柞（ㄗㄜˊ）：伐木。

②澤澤：通「釋釋」，土塊疏鬆的樣子。
③耦（ㄡˇ）：二人並耕。　耘（ㄩㄣˊ）：除草。
④徂（ㄘㄨˊ）：往。　隰（ㄒㄧˊ）：低濕之地，即指田地所在。　畛（ㄓㄣˇ）：田畔路徑。
⑤侯：語助詞。　主：君主。　伯：伯爵。
⑥亞：亞大夫。　旅：旅大夫。
⑦侯疆侯以：即乃疆乃理，一起整理這地界田埂。
⑧嗿（ㄊㄢˇ）：眾人吃食的聲音。　饁（ㄧㄝˋ）：送到田地裡的飯菜。
⑨思：發語詞。　媚：美。一說討好，調情。
⑩依：通「殷」，壯盛，這裡指小夥子強壯。
⑪略：形容犁頭鋒利的樣子。　耜（ㄙˋ）：犁頭。
⑫俶：開始。　載：耕作。
⑬實函斯活：指種子飽含生機。實，種子。函，含。斯，語助詞。活，生機。
⑭驛驛：接連不斷的樣子。　達：指禾苗破土而出。
⑮厭：形容苗的茁壯。　傑：特殊。最先長出的苗。
⑯厭厭：禾苗整齊茂盛的樣子。
⑰綿綿：茂密的樣子。一說連綿不斷的樣子。　麃（ㄅㄧㄠ）：幼苗。
⑱載獲：於是收穫。載，乃，於是。　濟濟：人多的樣子。
⑲有實：實實，充實的樣子。一說廣大的樣子。　積：堆積。
⑳秭（ㄗˇ）：萬億。
㉑醴（ㄌㄧˇ）：甜酒。
㉒烝畀（ㄓㄥ ㄅㄧˋ）：獻給。　祖妣（ㄅㄧˇ）：祖先。
㉓洽：配合。
㉔飶（ㄅㄧˋ）：這裡指祭品的芬芳。
㉕椒：椒酒。　馨：這裡指酒味醇香。
㉖胡考：高壽，指老年人。
㉗匪且有且：非此有如此之事。且，此。
㉘匪今斯今：非今年才這般。
㉙振古如茲：自古如此。振古，自古。

除去野草，拔去樹根，
耕地發出霍霍的響聲。
黑壓壓的一片並肩耕耘，

從新的低地到舊的高壟。
有君主，有伯爵，有亞大夫，有旅大夫，
一起整理這地界田埂。
大夥兒呼呼地吃著地頭野餐，
還和那送飯的婦女說笑調情。
強壯的小夥子，鋒利的犁頭，
第一犁播在南畝的田頭。
播下那百穀的種子，種子充滿生機。
一株株禾苗破土而出，
數那先出的最為美好。
齊齊整整長成一片，
密密麻麻是綠油油的幼苗。
農夫們為收穫奔忙，金黃的穀子堆滿穀場，
是千億，是萬億，難以計算。
釀出香甜的美酒，獻給先祖和先妣，
以配合祭祀的百禮。
祭筵上的供品多麼芳香，是我們邦家的榮光。
醉人的椒酒滿堂飄香，白髮老人歡樂安康。
並非這裡如此啊，並非今年才這般，
自古以來就是這樣！

附　錄

《詩經》名言語句

△關關雎鳩，在河之洲。窈窕淑女，君子好逑。（《周南‧關雎》）

△桃之夭夭，灼灼其華。（《周南‧桃夭》）

△有女懷春，吉士誘之。（《召南‧野有死麕》）

△耿耿不寐，如有隱憂。（《邶風‧柏舟》）

△我心匪石，不可轉也。我心匪席，不可卷也。（《邶風‧柏舟》）

△之子於歸，遠送於野。（《邶風‧燕燕》）

△瞻望弗及，佇立以泣。（《邶風‧燕燕》）

△死生契闊，與子成說。執子之手，與子偕老。（《邶風‧擊鼓》）

△宴爾新昏（婚），如兄如弟。（《邶風‧谷風》）

△我躬不閱，遑恤我後！（《邶風‧谷風》）

△式微，式微，胡不歸？（《邶風‧式微》）

△靜女其姝，俟我於城隅。愛而不見，搔首踟躕。（《邶風‧靜女》）

△相鼠有皮，人而無儀。人而無儀，不死何為？（《鄘風‧相鼠》）

△女子善懷，亦各有行。（《鄘風‧載馳》）

△手如柔荑，膚如凝脂，領如蝤蠐，齒如瓠犀，螓首蛾眉，巧笑倩兮，美目盼兮。（《衛風‧碩人》）

△女也不爽，士貳其行。士也罔極，二三其德。（《衛風‧氓》）

△信誓旦旦，不思其反。（《衛風‧氓》）

△自伯之東，首如飛蓬。豈無膏沐，誰適為容！（《衛風‧伯兮》）

△投我以木桃，報之以瓊瑤。（《衛風‧木瓜》）

△知我者謂我心憂，不知我者謂我何求。（《王風‧黍離》）

△君子于役，不知其期。（《王風‧君子于役》）

△彼采蕭兮，一日不見，如三秋兮！（《王風‧采葛》）

△有女同車，顏如舜華。將翱將翔，佩玉瓊琚。（《鄭風‧有女同車》）

△子惠思我，褰裳涉溱。子不我思，豈無他人？（《鄭風‧褰裳》）

△風雨如晦，雞鳴不已。既見君子，云胡不喜？（《鄭風‧風雨》）

△青青子衿，悠悠我心。縱我不往，子寧不嗣音？（《鄭風‧子衿》）

△出其東門，有女如雲。雖則如雲，匪我思存。（《鄭風‧出其東門》）

△析薪如之何？匪斧不克。取妻如之何？匪媒不得。（《齊風‧南山》）

△不稼不穡，胡取禾三百廛兮？不狩不獵，胡瞻爾庭有縣貆兮？（《魏風‧伐檀》）

△碩鼠碩鼠，無食我黍。（《魏風‧碩鼠》）

△逝將去女，適彼樂土。（《魏風‧碩鼠》）

△今夕何夕？見此良人。子兮，子兮，如此良人何？（《唐風‧綢繆》）

△蒹葭蒼蒼，白露為霜。所謂伊人，在水一方。（《秦風‧蒹葭》）

△如何如何？忘我實多。（《秦風‧晨風》）

△彼澤之陂，有蒲與荷。有美一人，傷如之何。寤寐無為，涕泗滂沱。（《陳風‧澤陂》）

△七月流火，九月授衣。（《豳風‧七月》）

△我徂東山，慆慆不歸。我來自東，零雨其濛）。（《豳風‧東山》）

△呦呦鹿鳴，食野之苹。我有嘉賓，鼓瑟吹笙。（《小雅‧鹿鳴》）

△兄弟鬩於牆，外禦其務。（《小雅‧常棣》）

△伐木丁丁，鳥鳴嚶嚶。出自幽谷，遷於喬木。（《小雅‧伐木》）

△昔我往矣，楊柳依依。今我來思，雨雪霏霏。（《小雅‧采薇》）

△未見君子，憂心忡忡。（《小雅‧出車》）

△春日遲遲，卉木萋萋。（《小雅‧出車》）

△鶴鳴於九皋，聲聞於野。魚潛在淵，或在於渚。（《小雅‧鶴

鳴》）

△他山之石，可以為錯。（《小雅・鶴鳴》）

△他山之石，可以攻玉。（《小雅・鶴鳴》）

△取彼譖人，投畀豺虎。豺虎不食，投畀有北。有北不受，投畀有昊。（《小雅•巷伯》）

△哀哀父母，生我劬勞。（《小雅・蓼莪》）

△溥天之下，莫非王土。率土之濱，莫非王臣。（《小雅・北山》）

△既見君子，其樂如何！（《小雅・隰桑》）

《詩經》主要版本

1.《毛詩正義》四十卷

漢毛亨傳、鄭玄箋，唐孔穎達疏。有同治十一年刊《毛詩詁訓傳箋》，有十三經注本及四部叢刊本。

2.《韓詩外傳》六卷

漢・韓嬰撰，有明嘉靖初年金石汪諒刊本及嘉靖己亥曆下薛來刊本。

3.《毛詩本義》十六卷

宋・歐陽修撰，有通志堂本，內有詩譜一卷。昭文張氏有明刊本，較通志堂本完善。

4.《詩集傳》二十卷

宋・朱熹撰，附詩序辨一卷。有清光緒二十一年湖北官書處刊本，另有通行本。

5.《詩緝》三十六卷

宋・嚴粲撰，有嘉慶刊本、光緒十六年刊本、清鈔本。

6.《詩考補》二卷

宋・王應麟撰，清胡文英增訂。有乾隆四十九年刊本。

7.《毛詩古音考》五卷

明・陳第撰，有乾隆三十二年刊本。

8.《詩說解頤》四十卷

明・季本撰，凡總論二卷，正釋三十卷，字義八卷，有明刊本、明鈔本。

9.《毛詩名物圖說》九卷

清・徐鼎撰，有乾隆三十六年刊本。

10.《讀詩釋物》二十一卷

清・方殃撰，有道光四年刊本。

11.《毛詩故訓結定本小箋》三十卷

清・段玉裁撰，有嘉慶二十一年刊本。

12.《毛詩稽古編》三十卷

清・陳啟源撰，此書堅持古義，不容一語之出入。有嘉慶十八年龐氏刊本及阮刻經解本。

13.《詩毛氏傳疏》三十卷

清・陳奐撰，附毛詩音四卷，毛詩說一卷，毛詩傳義類一卷，鄭氏箋考證一卷，有道光二十七年蘇州刊本。

14.《詩義補正》八卷

清・方苞撰，有光緒三年刊本。

15.《詩經通論》十八卷

清・姚際恒撰，有道光十七年鐵琴山館刊本。

16.《詩經補義》二十卷

清・王闓運撰，有光緒丙午東州講舍刊本。

17.《毛詩補正》二十五卷

清・龍起濤撰，有光緒二十六年刊本。

18.《古韓詩說證》九卷

清・宋綿初撰，翁方綱、陳啟源批註。有乾隆五十四年述古堂刊本。

19.《古詩微》二卷

清・魏源撰，有道光間刊本及光緒十一年刊本。

20.《詩三家義集疏》二十八卷

清・王先謙撰，有民國四年刊本。

閱讀百年
百年閱讀

鬼谷子全書

最古老歷史文學的智慧禁果

《鬼谷子》歷來被人們稱為「智慧禁果」、「曠世奇書」，
它在中國傳統文化中頗具特色，是亂世之學說、亂世之哲學。
它在世界觀上，講求實用主義、名利與進取，
而在方法上則講求順應時勢，知權善變，
是一種講求行動的實踐哲學。

縱橫鼻祖的亂世實用哲學
名利兼收的知權善變之術

鬼谷子 原著．司馬志 編著

D001 鬼谷子全書 280 元

閱讀百年
百年閱讀

孫子兵法全書

世界思想史上的三大處世智慧

商場如戰場，競爭如戰爭，
孫子兵法其內容博大精深，
蘊含為人處世的深邃智慧，
彰顯各類兵法的運用良機，
藉由名言警句來解惑釋疑的決策聖經，
實為人生的每個階段都適合一讀再讀！

中華文化最偉大的經典著作
古代軍事學寶庫之集大成者

孫武 原著．司馬志 編著

D005 孫子兵法全書 280 元

閱讀百年
百年閱讀

菜根譚新解

稀世的奇珍寶訓　釋道儒真理結晶

宋儒汪革云：「得常咬菜根，即做百事成。」
世界上最美好的事物無時無刻不在你身邊，
能否感知它們，關鍵是看你會不會嚼菜根。

洪應明 原著　諸葛瑾 編著

閱讀百年
百年閱讀

孟子新解

品味孟子的至理名言
找回迷失的純樸之心

孔曰「仁」，孟曰「義」，荀曰「禮」，重行之常規。
孟子提倡「義無反顧」、「當仁不讓」之說，
彰顯一個人的道德尊嚴和人生價值的追求。

孟子 原著・司馬志 編著

D008 孟子新解　　280 元

閱讀百年
百年閱讀

冰鑑新解

借古今用：
曾國藩的千古第一鑑人奇術

處靜態時，如蚌含珠般沉靜，清明沉穩，
處動態時，如春木抽出新芽，眼神如箭。

冰鑑取其以冰為鏡，明察秋毫，
知面知心之意，為鑑別人才之法，
它重神兼之以形，重常辨之以奇，重禮導之以術，
就相論人，就神取人。

原著/曾國藩　編著/王清遠

D009 冰鑑新解　　250 元

閱讀百年
百年閱讀

素書新解

讀千年奇書，學治人兵法

淡然自處者讀之，可知進退。
躬身自省者讀之，可知運勢。
心繫天下者讀之，可成大局。

《素書》由秦漢奇人黃石公所著，全書一千三百六十字，語言精煉，字字珠璣。他把道、德、仁、義、禮融為一體，書中蘊含古典哲學「天人合一」的思想，貫穿古代聖賢對宇宙萬物和人類社會的整體思考。

黃石公/原著　王清遠/編著

D010 訴書新解　　250 元

國家圖書館出版品預行編目資料

詩經新解 / 姚奠中編譯. -- 初版. --
台北市：華志文化, 2017.09
面；　公分. --（諸子百家大講座；15）

ISBN 978-986-5636-90-6（平裝）

1.詩經　2.注釋

831.12　　106012679

華志文化事業有限公司
系列／諸子百家大講座15
書名／詩經新解

編　　譯　姚奠中
執行編輯　楊雅婷
美術編輯　簡煜哲
封面設計　王志強
文字校對　陳欣欣
企劃執行　張淑貞
總 編 輯　黃志中
社　　長　楊凱翔
出 版 者　華志文化事業有限公司
電子信箱　huachihbook@yahoo.com.tw
地　　址　116台北市文山區興隆路四段九十六巷三弄六號四樓
電　　話　02-22341779
印製排版　辰皓國際出版製作有限公司

總經銷商　旭昇圖書有限公司
地　　址　235新北市中和區中山路二段三五二號二樓
電　　話　02-22451480
傳　　真　02-22451479
郵政劃撥　戶名：旭昇圖書有限公司（帳號：12935041）
書　　號　D015

出版日期　西元二〇一七年九月初版第一刷
本書為三晉出版社獨家授權繁體字版本

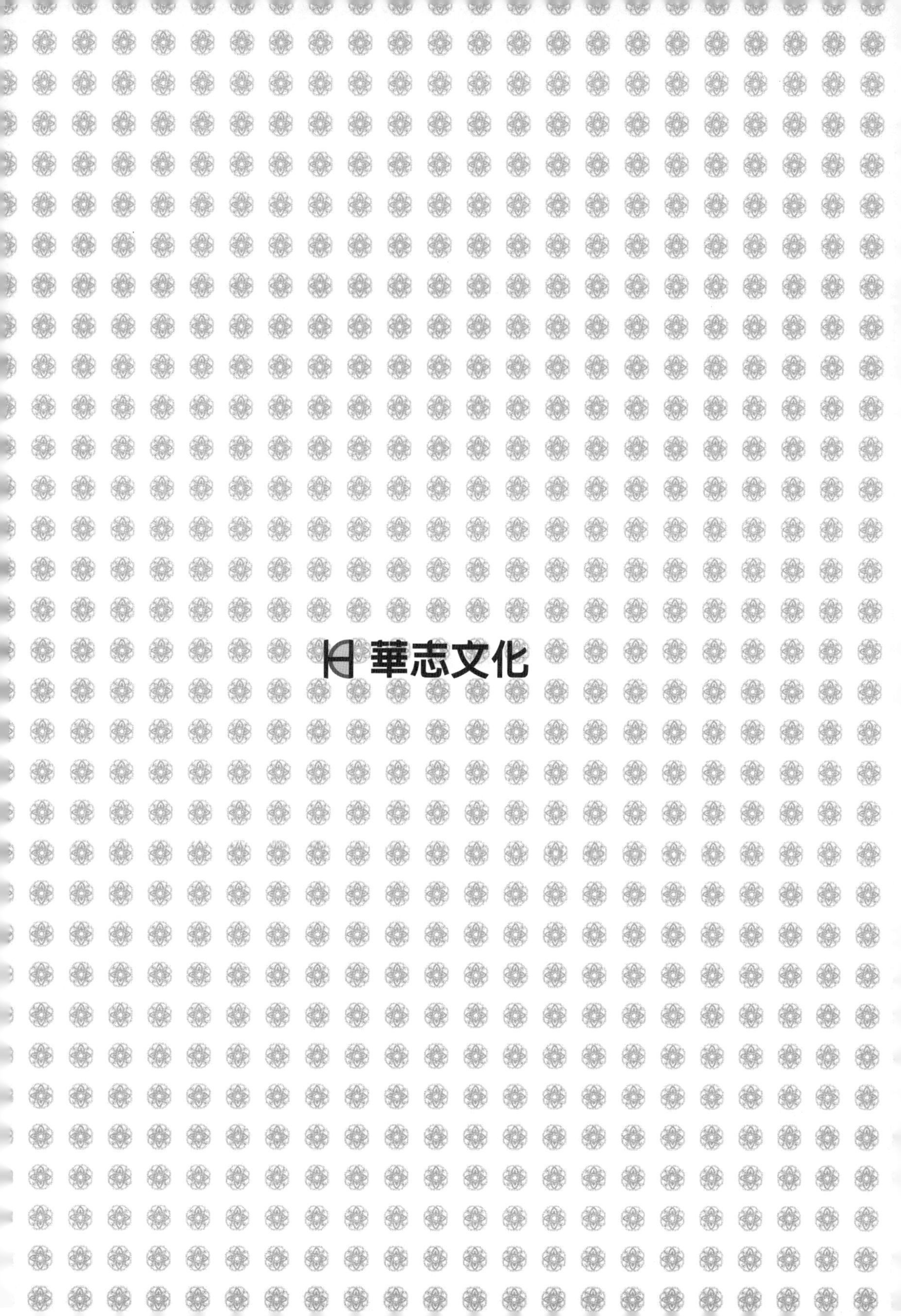
華志文化

華志文化